無知で無力な村娘は、転生領主のもとで成り上がる
緋色の雨
HIIRO NO AME
[イラスト]
原人
ILLUSTRATION GENZIN
UG novels

ソフィア
リアナ

ティナ
リオン

ひゃんっ、
ちょっと……んあっ。
ちょっと……んっ、
ティナ!?

UG novels

無知で無力な村娘は、転生領主のもとで成り上がる

緋色の雨
Hiiro no Ame
[イラスト]
原人
Illustration Genzin

三交社

無知で無力な村娘は、
転生領主のもとで成り上がる
[目次]

Contents

プロローグ

「嘘、だよね……」

否定して欲しい一心で、リアナは縋るように問いかける。

けれど、父であるカイルは静かに首を横に振った。先ほど聞かされたことが逃れようのない事実なのだと理解させられてくずおれた。

どうしてこんなことになってしまったのだろう——と空を見上げる。雲一つない空はまるで、なにも知らずに生きてきたリアナをあざ笑っているかのようだった。

リアナが暮らしているのは、王都の南に位置するグランシェス伯爵領。その片隅にあるレジック村という小さな村だ。

特産品などはないが、戦争も長らく起きていない。

穏やかで平和な土地。村長の娘であるリアナは、大切な妹を初めとした家族、それに家族同然の村人達とともに静かな生活を送っていた。

そして、いつかは村の誰かをお婿さんにもらって、家族みんなで村を盛り立てていくのだと、そんな風に思っていた。
だけど——

ある日、深刻な顔をした父親に呼び出され、不意に告げられたのだ。「次の収穫も不作なら、アリアを口減らしに売らなくてはいけない」と。

アリアは大切な妹。口減らしに売られるなんてあってはならない。

だから「嘘、だよね……」と問いかけたのだが——

「残念だが事実だ。年々収穫量が減っていたところへの、伝染病による働き手の減少。いまは村全体で助け合っているが……それも限界に近い」

「じゃ、じゃあ、領主様に助けを求めるとか！」

伝染病の対処法を授けてくれた領主。もし領主の御触れがなければ、リアナは恐ろしい伝染病のキャリアとして殺されるところだった。

そして、その対処法を発見したのが、領主の跡継ぎである長男。

命の恩人で、憧れの存在。そんな領主達に頼めば、きっとなんとかしてくれるはずだと期待したのだが、カイルは力なく頭を振った。

「リアナには言っていなかったな。領主様と跡継ぎである長男は何者かに殺されたのだ」

「……え、なにそれ。悪い冗談、だよね？」

「残念だが、事実だそうだ」

「な、なら、いまのグランシェス伯爵領は誰が治めているの？」

「分からん。長女や、領主様のお手つきになったメイドの子が頑張っているとの噂もあるが、リアナと同じくらいの年齢のはずだ。とても支援を期待することは出来ないだろう」

「そんな。それじゃ……本当に？」

「残念だが……次の収穫で実りが改善されなければ、な。リアナにはすまないと思うが……覚悟を決めておいてくれ」

覚悟――つまりは、妹が売り飛ばされることを受け入れろと言うこと。

小さい頃から身体が弱くて、リアナがずっと面倒を見続けていた。それこそ、目に入れても痛くないほどに可愛い妹。

カイルが苦渋の決断をしたことは理解しているが、到底受け入れられるはずがなかった。

「……ねぇ、お父さん。次の収穫で改善されなかったら……ってことは、次の収穫が豊作になれば、アリアは売られなくて済むんだよね？」

「気持ちは分かるが……収穫量が下がりはじめたのはいまに始まったことではない。次の収穫が都合良く豊作になるなどとは、考えない方が良い」

「――それでも、改善されれば、アリアを助けられるんでしょ？」

セリフを遮り、重要なことなのだと確認をする。カイルは苦渋に満ちた顔をした。

「もちろん、その通りだ。……だが、いままでに誰もそれを考えなかったと思うのか？　わしも、どうやればこの状況を改善できるか何度も考えた。だが……結果は見ての通りだ」

「いままでは、たまたまダメだっただけ。もう一度頑張れば、なんとか出来るかもしれないじゃない！　やってみないと分からないよ！」

「気持ちは分かるが……リアナ、お前もしょせんはただの村娘。どれだけ頑張ろうと、世の流れに逆らうことは出来ない。……辛い思いをするだけかもしれんぞ？」

辛そうな顔。恐らくは、そうして辛い思いをしたのはカイル自身ということなのだろう。だから、娘にはそんな思いをさせたくないという親心。

そんな父の優しさには気付いていたが、それでも諦めようとは思わなかった。

「お願いだから、あたしにやらせて。やらずに諦めるなんて出来ないから」

「……しかし、対応が後手に回れば、それだけ状況が悪化するかもしれん。そのときは……」

「そのときは、あたしを口減らしに売ってくれてかまわないよ！」

リアナは妹を見捨てるよりはずっとマシだと叫んだ。

そんな娘に対して、カイルはとても悲しそうな顔をする。

「……お前は、わしに娘を二人とも失えというのか？」

「そうならないために頑張るんだよ」

無言で視線を交わす。やがて、カイルが深いため息をついた。

「……分かった。お前がそこまで言うのなら、次の収穫までは意地でもなんとかしよう。お前も、普段の農作業はちゃんとするんだぞ？」

「うん、分かってる。ありがとうお父さん。必ず、アリアを救ってみせるから！」

奇跡は待っていても訪れない。

だったら、自分の手で奇跡を掴み取ってみせると決意した。村長の娘として幸せな日々を過ごしていたリアナは、頑張れば出来ないことはないのだと信じていたから。

だけど……

――月日は巡り、実りの季節。

リアナは、自分が無知で無力な村娘でしかなく、世の中には努力だけじゃどうにもならないことがたくさんあるのだと思い知らされていた。

どれだけ頑張っても状況は改善されず、不作の原因も分からなかったのだ。

「……リアナ、もう十分だろう。お前は、十分に頑張った」

例年と変わらない。いや、もしかしたら例年よりも落ち込んでいる。そんな小麦畑を前に茫然自失となっていたリアナはポロポロと涙をこぼす。

「おとう、さん……あたし、悔しいよ」

この数ヶ月、リアナは凄く頑張った。凄く凄く頑張った。誰よりも農作業をこなして、寝る間も惜しんで、作物の育ちが良くなる方法を探し続けた。

なのに……希望の兆しを見いだすことすら出来なかった。それどころか、家族と過ごす時間まで削って、身体の弱い妹に寂しい思いをさせてしまった。

あたしはなにをしていたんだろうと空を見上げた。決意をしたあの日と変わらぬ青空は、無知で無力なリアナをあざ笑っているかのように見えた。

「……リアナに、言わなくてはならないことがある」

「――っ」

びくりと身を震わせた。妹を口減らしに売る話だと思ったからだ。

そしてそれは正しく――だけど、少しだけ違っていた。

「実は領主様のご息女であるクレアリディル様が頑張ってくださっているようでな。貧困に喘いでいる村々に食糧を支援してくださるそうだ」

「え、それじゃ――っ」

アリアは売られなくて済むのねと、続けることは出来なかった。父の顔に浮かぶのが、あの日と変わらぬ渋面だったからだ。

「……どうしてそんな顔をするの？　食糧を支援してもらえるのなら、口減らしをする必要がなくなるはずでしょ？」

「そうだ。口減らしをする必要はなくなった。ただ……食糧支援と同時に、同じ年頃の子供を差し出すようにとのお達しがあったのだ」

「え、それって、どういう……」

酷く嫌な予感がする。そして、こんなときのリアナの予感は良く当たる。だから、聞きたくないと後ずさったが……カイルは続きを口にしてしまう。

「クレアリディル様は、弟のリオン様を溺愛しているそうだ。そしてそのリオン様が、自分と同じ年頃の子供を集めたいと言い出したそうだ」

「その、リオン様というのは……どんな人なの？」

「正直……あまり良い噂を聞かない。むしろ悪い噂ばかり聞く。だから、恐らくはリアナが考えているとおり、リオン様の慰み者にするために、娘を差し出せと言っているのだろう」

「……そんな。なんとか、なんとか出来ないの？」

「強制ではないそうだが……普通に考えて、断れば食糧支援は得られないだろう。そして食糧支援がなければ、多くの子供を口減らしに売ることになる」

つまりは、領主の子息の慰み者に差し出すか、奴隷として売り払うか。領主の子息に差し出せば慰み者にされるのは確実だが、少なくとも食うには困らないだろう。

一方、奴隷は引き取る相手によって大きく変わってくる。

「……どっちが、マシなのかな」

「考えるまでもない。口減らしをしても食糧難は変わらんが、支援を受ければ多くの者が助かるのだからな」

「じゃあ……お父さんは支援を受けるつもりなの？」

「うむ。差し出す子供は一人でも良いとのことだし、選択の余地はないだろう」

「……一人だけ？」

リアナはわずかな希望を抱いてカイルを見上げる。

「分かっているとは思うが、わしは村長として……」

「うん、それは分かってるよ」

村の代表として、誰かを犠牲にしなくてはならないのなら自分を選ぶ。

カイルはそれほどまでに責任感の強い人間だから、村の娘を差し出せと言われれば、涙を呑んで自分の娘を最初に差し出すだろうことは分かっていた。

寂しいと思うと同時に、正義感の強い父のことを誇りに思っている、リアナはたしかにカイルの娘で、しっかりと正義感の強さを引き継いでいる。

だから――

「あたしが行くよ」

大切な妹や村のみんなを守るために、リアナは自らの意志で名乗りを上げた。


それは、無知で無力な村娘の自己犠牲。

そうして待ち受けるのは、領主の慰み者になるという未来。無知で無力な村娘がどれだけ抗おうと、世界はなにも変わらない――と、このときは誰もが思っていた。

しかし、リアナは後にグランシェス家の養子となり、世界に革命をもたらした賢者の一人として数えられることとなる。

彼女がその地位にまで成り上がったのは運が良かったから。運良くリオンに拾われたから、賢者と呼ばれるに至ったのだという者もいる。

けれど、後の歴史家はこう語る。

彼女が、歴史に名を残すまでに至ったのは、ただ運が良かったからではない。彼女は自分が無知で無力な村娘であることを認め、それでも足掻き続けた。

だからこそ、リアナは賢者と呼ばれるまでに至ったのだ——と。

真実は定かではない。

けれど、一つだけ分かっていることもある。それは、リアナが自らの意志で前に進んだという事実。リアナの成り上がりの物語は、いまこの瞬間より始まったのだ。

無知で無力な村娘の決意　1

それから少しだけ月日が進み、グランシェス家から迎えの馬車がやって来た。

最後に少しだけ時間をもらえるということで、リアナは家族に別れを告げることにした。

まずは――と、アリアが眠っている部屋を訪ねた。小さな部屋の片隅。アリアは質素なベッドで眠っていた。起こすのは可哀想だと、リアナはその寝顔を眺める。

そんなリアナの気配を感じたのか、アリアがゆっくりと目を開いた。

「……お姉ちゃん？」

「アリア、調子はどう？」

「うん……今日は少し調子が良いみたい」

「そっか……良かった」

リアナはベッドサイドに膝をつき、色白なアリアの頬を撫でる。儚くて、強く触れたら壊れてしまいそう。そんな大切なアリアを、自分が護ったのだと少しだけ誇らしい気持ちになる。

「お姉ちゃん、どうかしたの？　なんだか、寂しそうだよ？」

「ん、そうかな。実は、アリアにお別れを言いに来たの」

「……もしかして、このあいだ言ってたこと？」

「うん。今日お迎えが来たの」

「そっか、頑張ってきてね」

どこか誇らしげに見上げている。そんなアリアは本当のことを知らない。

自分の身代わりになったなんて知れば絶対に自分を責める。そう思ったから、領主様のもとで、メイドとして働くことになったと嘘をついたのだ。

「たまには……戻ってくるよね？」

「そうだね。お休みがもらえたら、アリアに会いに来るよ。だから、それまで元気でね」

このまま話していたら、泣き出してしまいそうだ。そう思ったから、必死になんでもない風を装って、妹との今生の別れを告げた。


アリアの部屋を後にして玄関に行くと、父と母が待っていた。

「……お父さん、お母さん。あたしを育ててくれてありがとう」

リアナは自分を育ててくれた両親にも今生の別れを告げる。慰み者として召し上げられる自分に自由は、もう……ない。

もしなんらかの奇跡が起きて、お休みをいただけるようなことがあったとしても、お屋敷を離れて村まで旅をするなんて出来るはずがない。

だから、自分を愛してくれた両親の顔を、絶対に忘れないように脳裏に焼き付けた。

「リアナ……強く生きるのよ」

母親であるルーシェが、リアナを泣きそうな顔で見つめている。だから、リアナは心配を掛けないようにと、精一杯の笑顔を浮かべてみせた。

「大丈夫だよ、お母さん。あたしは絶対に負けない。リオン様に取り入って、この村にたくさん支援をしてもらうからねっ」

「まぁ……リアナったら」

ルーシェは泣き笑いのような顔を浮かべ、ぎゅっと抱きしめてくる。

「……お母さん？」

「貴方は優しい子ね。だけど……もう十分よ。貴方を差し出した私達のことなんて気にしないで、これからは自分のことを考えて生きなさい」

「……お母さん、ありがとう」

でも……あたしは妹や、お母さんお父さん、それにみんなのことが大好きだから。これからもあたしは、レジック村のことを考えて生きるよ。——と心の中でだけ呟いた。

口に出してしまえばお母さんは心配すると、そんな風に思ったからだ。

名残惜しく思いつつもルーシェの抱擁から離れた後、カイルへと向き直った。

「お父さんも、元気でね」

「……リアナ。すまない」

カイルは拳をぎゅっと握りしめ、苦渋に満ちた表情を浮かべている。だから「もう、そんなんじゃダメだよ」と、叱りつける。

「お父さんがそんなだと、アリアが心配しちゃうでしょ。アリアのこと、任せるからね？」

「あぁ……分かっている」

「絶対、だよ。絶対、アリアの面倒を見てね」

「ああ、大丈夫だ。だから、お前はなにも心配しなくて良い」

「絶対の絶対の絶対だよ。二人で、ちゃんとアリアの面倒を見るんだよ！　……だから、お父さんもお母さんも、病気とかしちゃダメなんだからね!?」

リアナは泣きそうな顔で微笑む。

その言葉の意味を理解したルーシェが泣き崩れた。それを、カイルが支える。

「分かった。わしも、ルーシェも、しっかりアリアの面倒を見る。だから、お前も風邪を引いたりしないように気をつけるんだぞ」

「……うん。お父さん、あたしのわがままを聞いてくれて、ありがとうね」

アリアは病弱であまり働くことが出来ない。対して、リアナはよく働いている。だから本当なら、アリアを差し出す方が順当だった。

それなのに、父は自分のわがままを聞いてくれた――と感謝しているのだ。だけど、そうして微笑むリアナに、カイルはついにボロボロと泣き始めてしまった。

だけど、自分まで泣いてしまえば、二人はもっと心配する。

だから――

「大好きだよ、お父さん、お母さん」

どこまでも澄み渡る空の下、リアナは透明な笑顔で今生の別れを告げた

馬車に揺られること二日と少し。

たどり着いたのは、村で育ったリアナが見たこともないほど発展した街。まるで別の世界に来たような錯覚を抱く。

街の規模に人の数、全てがレジック村とは桁が違う。そのすさまじさに圧倒されていると、馬車は大きなお屋敷の前へと止まった。

「ここだ。屋敷の入り口まで案内してやるからついてこい」

馬車の護衛――あるいは、リアナが逃げないように見張っていた騎士が扉を開けて、馬車から降りるように促してくる。

リアナは馬車から降り立ち、騎士の案内に従ってお屋敷へと向かった。

「……凄い、こんなに大きな建物があるなんて」

連れてこられた屋敷のエントランスホール。リアナはただただ圧倒されていた。そんなリアナの前で、騎士が屋敷にいたメイドの一人に声を掛ける。

「リオン様がご所望の娘を連れてきた。引き継ぎを頼む」

「かしこまりました」

「では、俺は失礼する。嬢ちゃん、頑張れよ」

ここまで案内してくれた騎士はそう言って、屋敷から立ち去っていった。

騎士が味方だったかと問われると微妙なところだが……自分を召し上げたグランシェス家のメイドと一対一の状況に不安を抱く。

「それでは、貴方のお名前をお聞かせ頂けますか？」

「あ、あたしはリアナ。レジック村のリアナです」

「そうですか。ではリアナさん。私はマリーと申します。案内するのでついてきてください」

マリーと名乗ったメイドはこちらの返事も待たずに歩き始める。外見は整っていて綺麗だが、愛想がないメイドさんだと思いつつ、リアナは慌ててその後を追いかけた。


そうして連れてこられたのは、見たこともないほど大きくて豪華な一室だった。

「……あの、ここは？」

「ここは応接間です。後で呼びに来るので、この部屋で待っていてください」

マリーはそれだけを告げると、足早に立ち去っていった。

「……もう少し教えてくれても良いのに」

そんな風に呟き、何気なく部屋を見回す。そして初めて、部屋には自分と同じか、少し年下の女の子が五人ほどいることに気がついた。

女の子達は自分と同じ境遇なのだろう。その顔は一様に暗く沈んでいる。

だけど……そんな中、リアナのことをじっと見る女の子がいた。リアナよりも明らかに年下、恐らくは妹と同じくらいの女の子。

ふわふわの金髪に、赤い瞳。物凄く綺麗な恰好だけど、どこかおどおどしている女の子は、リアナの視線に気付くと慌てて顔を伏せた。

けれど、リアナはむしろ積極的な性格で——「ねぇねぇ」とその娘の隣に移動する。

「……ソ、ソフィアになにかご用？」

不安そうな目を向けてくる。

「そんなに怖がらないで、少し聞きたいことがあるだけだから」

「……聞きたいこと？」

「うんうん。その前に……あたしはリアナ。レジック村のリアナだよ。貴方の名前は……って、いまソフィアって名乗ってたよね」

「……うん。ソフィアは……ソフィアだよ」

クスッと笑われてしまった。そんなに笑われるようなことを言ったかなと思ったけれど、ソフィアと名乗った女の子が緊張を解く切っ掛けになったようなので良しとする。

「それで……リアナお姉ちゃん、聞きたいことって言うのは？」

「……リアナお姉ちゃん」

村に残してきた妹のことを思い出す。アリアも同じように弱々しい感じで、歳もちょうど同じくらい。それなのに村に残してきて……もう会えないんだと思って唇を噛んだ。

「ごめんなさい。ダメだった……？」

ソフィアが不安げに赤い瞳を揺らす。自分の態度が良くない誤解をさせてしまったのだと慌てて、ダメじゃないよ両手を振った。

「ちょっと、村に残してきた妹のことを思い出しただけだから」

「……妹？」

「うん。ソフィアちゃんには、兄弟はいないの？」

「えっと……お兄ちゃんとお姉ちゃんがたくさんいるよ」

「そう、なんだ……」

とても身なりが良いから、自分とは違う境遇かもとリアナは思っていたのだが……兄や姉がたくさんいて、一番下の女の子がここにいる。

やはり、口減らしに売られてきたのだろう。

もしくは……もっと込み入った事情があるのか。分からないけれど、聞いても楽しい話にならないのは確実だろうと考え、無難に話を変えることにした。

とはいえ、自分と同じ境遇の女の子では、なにも知らない可能性は高い。それとも、既に説明されていたりするのだろうか？

なんてことを考えていると、メイドのマリーが戻ってきてしまった。

「お待たせいたしました――と、もしかして、彼女とお話していたのですか？」

彼女――と、マリーが視線を向けたのはソフィア。

「そうですけど……なにか問題がありましたか？」

まさか、勝手におしゃべりをするなと怒られるのだろうかと不安になる。けれど、マリーは応えず、ソフィアへと視線を向けた。

「……かまいませんか？」

その問いかけの意味は分からなかったけれど、ソフィアはコクコクと頷いた。それを確認すると、マリーは再びこちらを向いた。

「それでは、ついてきてください」

「えっと……はい」

説明を求めても無駄そうだったので、後をついていくことにした。その寸前、振り返るとソフィアがこちらを見ていたので、軽く手を振ってみた。

それに気付いたソフィアは驚いた顔をして、ぱっと顔を逸らしてしまった。けれど、その姿を見て、可愛いなぁ……と少しだけ幸せな気持ちになる。

「どうかしましたか？」

「いえ、その……彼女、可愛いですよね」

思わず思っていたことを口にする。それは何気ない一言だったのだけど――

「あぁ、ソフィア様ですか」

「……ソフィア、様？」

ソフィア様。やっぱり、お金持ちの子供かなにかなのかなと考えた。

「なんでもありません、リアナ様」

「いやいや、あたしのこと、リアナ様なんて呼んでませんでしたよね？」

「いまちょっと、そういう気分なだけなのでお気になさらず」

「えぇ……」

どう考えてもおかしいけれど、きっと聞いちゃいけないことなんだろうと追及を諦める。というか、マリーが足早に歩き始めたので、慌ててその後を追う。

案内されたのは、小さな個室。鏡と棚だけがある良く分からない部屋だった。

「えっと……あの、ここは？」

「ここは脱衣所です。奥がお風呂になっているので、身体を清めてください」

「それって、あの……」

そういう意味なのかと不安になったのだが、躊躇っているとジロリと睨まれてしまった。

「後がつかえているので早くしてください。それとも、お召し物を脱がすのを手伝わなければいけませんか？」

「い、いえ、一人で大丈夫です！」

村の子供は、男女関係なく川で水浴びをする。

リアナもそんな環境で育ったが、服を脱がされるのは訳が違う。ましてや、相手が綺麗なメイドさんともなれば、恥ずかしさは比べものにならない。

そんな内心が通じたのか否か……幸いなことに、マリーは「では、外で待っているので、上がったら出てきてください」と退出した。

それを見届けてホッと一息。思い切って服を脱ぎ捨て、お風呂場へと突入する。

「ふわぁ……凄い。凄すぎるよぉ……」

リアナの暮らしていた家の一室くらいある浴室に、脚を伸ばして入れるほどの浴槽がある。

お風呂という言葉は知っていたが、実際に見るのは初めてだ。レジック村では、川で水浴びか、桶に入った水とタオルを使って身体を拭くのがせいぜいだった。

だから、リアナは浴槽から立ち上る湯気に感動すら覚えた。

だけど、浮かれたのは一瞬だけ。

屋敷に到着して早々に、お風呂で身体を清めるように言われたのは、〝そういうこと〟なのだろうかと暗い気分になる。

ここでちゃんと洗わなかったら、汚い娘として夜伽に選ばれなかったりするかな……？

お湯に映る自分を見つめ、そんなことを考える。

だけど――ぶんぶんと首を横に振った。

ここに来たのは、妹の幸せを願ったから。そして、身代わりになっただけじゃや、身体の弱い妹を幸せにすることは出来ない。

レジック村を豊かにして初めて、妹は幸せに暮らすことが出来る。

リアナ自身の手で、レジック村を豊かにすることはもう出来ないけれど……リオンに気に入られて、レジック村に支援するようにお願いすることは出来る。

だから、自分に出来ることを精一杯するために、ゴシゴシと身体を洗い始めた。

― 2 ―

お風呂で身体を清めた後、リアナは用意されていた手触りの良い服を着た。

これでいよいよ、領主のご子息であるリオン様の慰み者に……なんてことを考えていたのだが、連れて行かれたのは食堂。

そこでなにやら、ごちそうを食べさせてもらった。

いままで食べたことがないほど美味しくて、思わずお腹いっぱいに食べてしまう。そうして、もうこれ以上は食べられないと思ったところに、プリンという至高の食べ物。

スプーンですくって口にしてみると、甘くてとろとろで……思わず三つも食べてしまった。

もうこれ以上は食べられない。

というか、こんな状態でリオン様の夜伽をさせられたら大変なことになっちゃう！　なんて心配したのだが、危惧していた事態にはならず……

「……朝を迎えちゃった」

窓から差し込む朝日を見つめながら、寝ぼけ眼を擦った。

割り当てられた部屋に放り込まれたときは、もしかしてリオン様が来るのかな？　なんてビクビクしていたのだが……いつまで経っても来る気配はなく、気付けば朝になっていた。

自分がまだ手込めにされていない。その事実に安堵していると、不意に扉がノックされた。

「――ひゃいっ⁉」

慌てて声が裏返ってしまう。

そう答えてから、自分がキャミソール姿でベッドにいることに気付くが、先ほどの声が返事と認識されてしまったようで、マリーが部屋に入ってきた。

「おはようござい……リアナさん。下着姿で眠るのはかまいませんが、その格好で誰ともしれぬ来客を招き入れるのは、少々はしたないと思いますよ？」

「はうぅ……すみません」

ちなみに、リオンがくる可能性を考慮して、葛藤した末にその姿で眠っていたのだが……夜伽を考慮しての恰好ではない。

ただたんに、寝間着になるような服を持っていなかっただけである。

ただ、その辺りを誤解されているかもしれないと真っ赤になりつつ、お風呂の後で着替えとして用意してもらったワンピースを頭から被る。

普段着ているようなシンプルなデザインだが、その着心地はかなり良い。

「えっと……お待たせしました。それで、なにかご用でしょうか？」

「ええ。受け入れ先の準備が整いましたので、いまからミューレの街へ移動してもらいます」

「ミューレの街、ですか？」

聞いたことのない名前に首を傾げる。

「リオン様が新しく建設なさった街です」

「あ、新しく建設⁉　……ですか？」

「このお屋敷や街はなにかと不便ということで、新しく建て直すことになったんです。いまはまだ村同然の規模ですが、その設備は最新のものばかりですよ」

「な、なによそれ！　あたし達は貧困に喘いでいるのに、自分は新しい街を作って女遊び⁉」

胸の内を吐き出してから、しまったと口を押さえる。平民が貴族を批判するなんて、首をはねられても文句は言えない。

「……リオン様の良くない噂が広まっていることは存じております。しかしそれらは、亡くなったキャロライン様の流した根も葉もないデマです」

「……キャロライン様、ですか？」

「クレアリディル様のお母様で、亡きご当主様の正妻です」

リオンはお手つきになったメイドの子供で、キャロラインに疎まれていた。ゆえに良くない噂を流されていたのだが、貴族社会の事情を良く知らないリアナには理解できなかった。

そして、説明を求めることも出来なかった。

なぜなら――

「ともかく、リオン様は貴方が思っているような、民の心が分からない方ではありません。根も葉もない噂を真に受けないように注意してください」

尋ねるよりも早く、そんな風に釘を刺されてしまったからだ。うっかり貴族を批判してしまった。そのことを再確認したリアナは慌てて頭を下げる。

けれど――

「ただ……リオン様は幼少の頃から、エルフの奴隷少女を夜な夜な閨《ねや》に引き込んだりと、女好きなのは事実ですね。女の敵……死ねば良いのに」

「――えっ⁉」

メイドの口からこぼれた毒舌に目を白黒させた。

聞き間違いかとも思ったのだが、メイドの口から続けてこぼれたのは、「リアナさんも気をつけてください」という言葉。

どうやら聞き間違いではなかったらしい。

「ええっと……幼少の頃から、女性を閨に引き込んでいたんですか？」

「ええ。クレアリディル様にエルフの奴隷をねだったらしいです」

「へ、へぇ……」

今回とまるで同じ状況。リオンは年下と聞いているのだが、今回が初めてじゃなかったんだと驚くと同時に、リオンに対して嫌悪感を抱いた。

だが、気をつけろと言われても、村の食糧支援と引き換えにやって来たリアナにはどうすることも出来ない。

マリーに案内され、馬車で一時間ほどの距離にある、ミューレの街へと連れて行かれた。

規模こそ小さいが、ミューレの街はその全てが規格外だった。

小さなブロックを積み上げた建物は、二階建てが当たり前。中には三階建ての建物まで存在している。隙間風が吹き込むような、村にあった木造の建物とは大違いだ。

そして、それらの建物の窓には、透き通るなにかがはめ込まれている。

日の光を浴びて輝くそれがなにかとマリーに尋ねると、最近開発された純度の高いガラスという答えが返ってきた。なんでも、グランシェス領では最近、ガラスや鉄器と呼ばれる画期的な道具の開発がおこなわれているらしい。

そして極めつけ、案内されたお屋敷が凄まじかった。リアナが一日滞在した、グランシェスの旧お屋敷が霞んで見えるほどに美しい建物。

なにもかもが凄まじい。領民が明日のご飯にも困っているのに、自分達はこんなにも贅沢をするなんて……と、怒りを通り越して泣きたくなってしまった。

「……どうかいたしましたか？」

「い、いえ、なんでもありません」

「そうですか。では案内するのでついてきてください」

「わ、分かりました」

目元に浮かんだ涙を指で拭い、慌ててマリーの後を追いかける。そうして連れて行かれたのは、絨毯が敷かれた、なにもない大広間。

一体なにをするところなのか、リアナには想像もつかない。

「ここでお待ちください。皆が集まったら、説明がありますから」

「えっと……はい」

これまでの経験で、聞いても無駄だろうとマリーが立ち去るのを見送る。そして部屋で待ちぼうけていると、続々と女の子が連れられてきた。

その数、およそ三十人。

全員が女の子で、その大半が悲痛に満ちた表情を浮かべている。だけど、そのうちの数名だけ、妙に希望に満ちた表情を浮かべていることに気がついた。

リアナも、村では男の子達から可愛いともてはやされていた部類だが、その子達は文字通り桁が違う。サラサラの髪に、つやつやの肌。垢抜けした、とんでもなく綺麗な女の子達だ。

そんな女の子達が、どうしてそんな顔をしているのか。もしかしたら、リオン様の愛人の座でも狙っているのかな？　などと思った。

とはいえ、本人達に確認するような真似はしない。

取り敢えずは様子見かな……なんて、別の方に視線を移すと、部屋の隅っこにソフィアがいることに気がついた。

不安な状況で、唯一知り合いといえる女の子。話しかけようと思ったのだけれど、それよりも早く、部屋に数名のメイド達が入ってくる。

整った容姿のメイド達が正面まで歩いてくると、入り口に向かって頭を下げた。その直後、入り口から黒髪の少年が姿を現す。少し年下だろうか？　聡明そうな顔立ちの少年を目の当たりに、リアナの胸がトクンと鳴った。

だけど――その少年の後ろには、二人の少女が付き従っていた。

一人はウェーブの掛かったプラチナブロンドの少女で、リアナと同じか少し下くらい。ドレスの裾を揺らしながら歩く少女は、神秘的な碧眼で目の前の少年の背中を見つめている。

そしてもう一人。腰まであるピンク色の髪に縁取られた小顔には整ったパーツが収められている。スタイルも良く、とても綺麗なお姉さん。耳の長い彼女は――エルフだろう。

姉に溺愛されるリオンは、エルフの少女を奴隷として連れているという。

つまりは、この少年がリオンだろう。

あんなにも綺麗で胸の大きなエルフのお姉さんを連れているのに、他の女の子を慰み者にしようなんて、最低よ――と、少年に敵意を向けた。

「さて、あたしはクレアリディル。グランシェス家の当主と兄が亡くなった後、弟くんと一緒に、グランシェス伯爵領の管理をしているわ」

プラチナブロンドの少女が、しっかりとした口調で名乗りを上げた。見た目から年下かもと思っていたが、その口調はずっと年上のようにも思えた。

そんなクレアリディルは、名乗った後にもう一人の少女に視線を向けた。

「そして、こっちがアリスティア。みんなにはアリスと呼ばれているわね。貴方達の先生になるから、名前だけでも覚えておきなさい」

「みんな、よろしくね」

アリスティアがひらひらと手を振る。その気さくな様子に驚いた。立ち居振る舞いが、とても奴隷のようには思えなかったからだ。

もしかしたら別人なのかなと小首をかしげる。

「そしてそして、こっちの男の子が私の弟くん。すっごく可愛いでしょ？　でも、可愛いだけじゃない。とってもとっても頼りになるのよ？」

クレアリディルは正妻の娘で、リオンはお手つきになったメイドの子供らしいのだが、クレアリディルの向ける眼差しは愛情に満ちている。

どうやら、溺愛しているというのは事実のようだ。

「紹介にあずかったリオンだ。グランシェス伯爵領の当主代理をしている。クレアねぇに任せていることもあるが、キミ達のことは俺が管理することになっている」

管理する。つまりは、リオンが好きに出来ると言うこと。やはり、慰み者にされるのだと、きゅっと唇を噛んだ。

「さて。今日、みんなに集まってもらったのは他でもない。みんなに、これからなにをしてもらうか説明するためだ」

その言葉に、リアナ達はゴクリと生唾を飲み込む。いままでは慰み者にされると言っても漠然とした感覚だったけれど、ここに来て一気に現実味を帯びてきた。

わざわざ説明が必要だなんて、どんな変態行為をさせられるのだろうと、続けられる言葉に意識を向ける。だけど、リオンは苦笑いを浮かべた。

「説明と言ったが、そんなに大した話じゃないから、気負わなくて良いぞ」

大した話じゃない、ですって？　食糧支援と引き換えに、村の娘達を集めておいて、それがたいした話じゃない？　ふざけないでよ！　と、声を荒げたい。

だけど、貴族に対してそんなことをすれば、村のみんなにも迷惑が掛かるかもしれない。そう思って、ぐっと我慢した。

だけど——

「いえ、あの……リオン様？　いきなりこんな立派な建物に連れて来られたりしたら、緊張して当然だと思うんですけど……？」

控えめにツッコミを入れたのは、リアナ達と同じサイドにいる女の子。希望に満ちた表情を浮かべているグループの一人で、その中でも特に可愛い女の子だった。

普通なら、貴族に反論するなんてありえない。だけど、その女の子の突っ込みを受けたリオンは「そういうものか」と苦笑いを浮かべた。

意見をするならいましかない。そう思って勇気を振り絞る。

「あ、あの、貴族様に、お聞きしたことがありましゅ！」

思ったよりも大きな声になってしまった。しかも噛んだ。そのうわずった声に、皆の視線が一気に集まった。その恥ずかしさと緊張に押しつぶされそうになる。

「聞きたいことってなにかな？」

「は、はい。貴族様は、あたし達を、な、慰み者になさるんですよね!?」

それは、逃れようのない未来。それならせめて、残してきた村のことを助けて欲しいとお願いしようとする。だけど、リオンは「はぁっ⁉」と、素っ頓狂な声を上げた。

「おいおい、俺はそんなつもりで子供達を集めた訳じゃないぞ？」

この期に及んでなにをと思ったが、同時に本気で驚いているようにも思えた。

「お父さんからは、そんな風に聞いたんですが……違うんですか？」

「なんて聞いたんだ？」

「村に食糧支援をしてもらえることになったが、同時に子供も求められた。詳しい説明はされなかったが、恐らくはそういうことだろう、と」

カイルから伝え聞いた話をすると、リオンは天を仰いだ。

「まいったな。まさか、そんな誤解をされているとは」

「……誤解、なんですか？」

おずおずと確認する。まだ少し恐いけれど、最初ほどの恐怖は感じなかった。リオンが噂に聞くような高圧的な貴族ではなく、本当に困っているように見えたからかもしれない。

「誤解も誤解だ。俺はたしかに支援を申し出たし、子供をよこしてくれとも伝えた。だが、それは言葉通りだ。子供をよこさなければ、支援を打ち切るなんて意図はなかった」

「そう、だったんですね……」

断れば支援をしてもらえないと思っていたからこそ、涙を呑んで自らの身を捧げたのだ。それなのに、自分の犠牲が無意味だったなんて……と、絶望しそうになる。

だけど、そこまで考えて疑問を抱いた。

「あの……それじゃあ、あたし達はどうして集められたんですか？」

「教育を施して、働かせるためだ。子供の生活費はこちらで負担するし、将来は給金も支払うから、心配するなとも言ったはずなんだがな。どうりで女の子ばっかりなはずだ」

リオンがため息交じりに呟く。どうやら、女性限定の話ですらなかったらしい。

だけど、無理もないと思った。なぜなら、いまの話と支援などなどの話を合わせて考えると、やっぱりそういう目的で募集しているようにしか聞こえない。

ただ、それを指摘すると悪い気がしたので、気づかないフリをした。

「えっと……それで、キミの名前は？」

「あ、あたしは、リアナって言います」

「それじゃリアナ。それに、他の不安そうにしているみんなにも言っておく。どんな風に言われてここに来たかは知らないけど、みんなを傷つけるつもりは一切ないから心配するな」

その言葉を信じて良いのかどうか……困ったリアナが周囲の様子をうかがっていると、リオンの隣にいるアリスティアと目が合った。

「心配しなくても、リオンが夜伽を必要としたらあたしが相手をするから大丈夫だよ」

「ふえぇ……」

超絶美少女なエルフの口から発せられたセリフに驚きつつ顔を赤らめる。だけど、真に驚くべきなのは、これからだった。

「——おい、アリス、なにを言って……」

「そうそう。弟くんの性欲は、あたし達が受け止めるから心配ないわよ」

「クレアねぇ⁉」

三人のやりとりに、リアナ達は「えっ⁉」と言った顔をする。

それもそのはず。アリスティアはともかく、クレアリディルはリオンの腹違いの姉。いまのはどういう意味なんだろうと、呆気にとられたのだ。

そして、リアナ達が呆気にとられているあいだも、慌てるリオンと、言い寄る美少女二人という構図が続いている。

なるほど、たしかに女性にだらしないと納得する。

なんにしても、ひとまずは心配しなくても大丈夫そうだと安堵した。だけど、だからこそ、自分達がどうして呼ばれたのかを疑問に思う。

「では、その……あたし達は、なにをすれば良いんでしょうか？」

二人に迫られているリオンに向かって尋ねると、渡りに船とばかりに視線を向けてきた。

「そうそう、その話だったな。ミューレ学園で農作業を初めとした、様々な知識を身に付けてもらうつもりだ」

「……農作業、ですか？」

そんなことは、村で暮らす子供なら誰だって知っている。それなのに、その知識を身に付けろというのはどういうことだろうと考えを巡らす。

「この世界――いや、この国の農業は連作障害やら枯れた土地への対処がまるでなっていないからな。その辺りは徹底的に周知しようと思っている」

「……連作障害、ですか？」

「細かいことは授業で教えるから心配しなくて良い。それと、色々不安なことがあれば、あっちにいる娘達に聞くと良い。あの娘達は既に二年目だからな」

あの娘達と言って視線を向けたのは、やたらと可愛くて希望に満ちた女の子達。他の子達とは違うと思っていたけれど、それはどうやら二年目だかららしい。

つまりは、ここでの生活は本当に悪くないということ。

だけど、それよりも――と、リオンの説明を思い返した。

連作障害がなんなのかはまるで分からないけれど、枯れた土地への対処という言葉。

畑の収穫量が年々下がっていくのは、土地が枯れるからだと言われている。もしかしたら、リオンはそれらへの対処法を知っているのかもしれない。

だとすれば、いままでのリアナには出来なかったこと、自分の手で村を豊かにして、妹やみんなを幸せにすることが出来るかもしれない。

そんな希望を抱き、リオンの話を詳しく聞きたいと願った。

― 3 ―

信じられないほどに大きくて綺麗なお屋敷のフロア。リアナ達は、リオンを初めとした屋敷の者達と向き合っていた。

子供を集めた理由が慰み者にする目的ではなかった。それは理解したのだが、領民達が貧困に喘いでいるのに、自分達が贅沢をしていることには変わりない。

そしてなにより、女の子にだらしないのは事実っぽい。

――という訳で、反感が完全に消えた訳ではないのだけれど、農作業の知識という言葉を無視することが出来なかった。

「貴族様は、あたし達に農業に必要な知識を教えてくださるのですか？」

「ああ。他にも学んでもらうが、まずは農業のノウハウを学んでもらう」

「……分かりました。貴族様の言うとおりにします」

贅沢をしているのは許せないと思うけれど、それとこれとは話が別だ。妹の暮らすレジック村を豊かに出来るのなら自分はなんだってしてみせる。

けれど、そんな風に考えるリアナに対し、リオンは少し不満気な表情を浮かべた。

「……なにか、あたしがお気に障ることを言いましたでしょうか？」

「いや、そういう訳じゃないけど、貴族様は止めてくれ。ここでは貴族とか平民とかは考えず、出来るだけ対等に接するようにしてるんだ」

意味が分からなかった。

貴族は貴族で、平民は平民。文字通り住んでいる世界が違う。そう思ったのだけれど、貴族様と呼ぶなと言われた以上は従わなくてはいけない。

「では……リオン様」

「……様もいらないんだけどな」

呼び捨てにしろと言っているのだろうか？　そんなこと出来るはずがないと頬を引きつらせる。それが伝わったのか、リオンは苦笑いを浮かべた。

「そうは言っても無理な注文か。ひとまずはリオン様で良いや。そういう訳だから、他のみんなも気楽にな。なにか困ったことがあれば言ってくれ」

いままさに、どう反応して良いか困ってます——なんて言えるはずもなく、リアナは曖昧な笑みを浮かべてお茶を濁した。

「さて。学校のことは学校で説明してもらうとして、みんなが普段生活する学生寮についてだけど……いままで、旧お屋敷に預けられていたんだよな？」

「はい、とても立派なお屋敷で、凄く快適でした」

リアナは首肯《しゅこう》すると同時に、素直な感想を口にした。リオンが噂のような悪人ではないと分かり、緊張が解けて余裕が出てきたのだ。

「そんなに快適だったのか？」

「このお屋敷には敵わないと思いますけど、あたしにとっては夢のようなひとときでした」

リオンがくくと喉の奥で笑った。

平民には夢のような空間でも、貴族にとってはそうじゃないと笑われたのかなと、また少し嫌な気分になったのだが——

「あの屋敷から学校に通うには、馬車で片道一時間は掛かる。だから、学生寮に引っ越してもらう予定なんだ」

あ、もしかして、あのお屋敷に住みたいって言ってると勘違いされたのかなと、一転して顔を赤らめ、「雨風さえしのげるなら、どんなところでもかまいません」と付け足す。

けれど、それすらもリアナの勘違いだった。

「それは大丈夫だぞ。なにしろ、みんなが暮らす寮は、ここだからな」

リオンがこともなげに言い放つ。その言葉の意味が理解できなかった。けれど、二度三度と反芻するうちに、その言葉がだんだんと理解できてくる。

そして——

「…………え？　ここはリオン様のお屋敷、ですよね？」

——やっぱり、理解できなかった。

「いや、俺の屋敷は別にある。ここはみんなが生活する学生寮だよ」

「……冗談、ですよね？」

「いや、事実だよ。一階には食堂と温泉、それに足湯もあるから好きに使ってくれ。生徒は自由に使えるようになってるから」

「しょ、食堂に温泉？　それに足湯？　あの、何度も聞きますけど、冗談……ですよね？」

「そんな嘘は吐かないって」

ことともなげに言い放つ。その顔は嘘を言っているようには見えない。だけど、それでも、こんなにも立派な建物が、自分達の学生寮だなんて信じられるはずがない。

ましてや、温泉や足湯というのは良く分からないけれど、食堂を好きに使えるという時点で意味が分からない。

次の瞬間、嘘だと笑い出すのだと思って待つが……いくら待っても、リオンが嘘だと口にすることはなかった。

「……え。あの、本当……に？」

「うん。今日から、ここがキミ達の家だ」

「ええっと……ええっと……」

どうやら事実のようだと頭では理解するが、感情がついてこない。たっぷり三十秒ほど考え、ようやくここで暮らすのだと理解する。

そして——

「こ、こここっこんなに立派なお屋敷があたし達の家だなんて。お、おおっ恐れ多すぎて、とてもじゃないけど暮らせません——っ！」

うっかり家具でも傷つけてしまったらどうなってしまうのか、想像するだけで気疲れで死んでしまうと、わりと本気で悲鳴を上げた。

「心配するな。規模が規模だったからそれなりにお金は掛かっているが、別に贅沢している訳じゃない。ここが立派に見えるのは最新技術を使っているからだ」

「……最新技術、ですか？」

「そうだ。レンガという土を焼いたモノで作ったお屋敷――に見せかけた、鉄筋コンクリートなんだけど、素材を使用する競合相手が居ないから安くてな。他にも職人に技術提供と引き換えに色々と融通してもらったり……とにかくリアナ達が気兼ねをする必要はない」

「で、でも、もし家具を傷つけたりしたら……」

「わざとならともかく、うっかりなら咎めたりしないから心配するな」

それなら安心ですね――なんて思えるはずがないのだけれど、咎めたりしないと言われているのに、信じられませんなんて言えるはずがない。

それは他の子供達も同じだったのだろう。反論の言葉は出てこない。だから、リアナはそういうことならと仕方なく頷いた。

「よし。それじゃ続いて……」

リオンが片手を上げると、メイドの一人が服を差し出した。リオンはその服を受け取り、リアナに突きつけてくる。

「……これは？」

「これがキミ達の通う学校の制服だ」

「……あ、あの、この服、物凄く高価そうに思えるんですが？」

思わず受け取ってしまったが、手触りが信じられないくらい良くて、しかも色彩豊かで、見たこともないほど可愛らしいデザインだったのでうろたえてしまう。

「あぁ……どうだろう？」

リオンは少し困った顔で呟いて、アリスティアへと視線を向ける。視線を向けられたアリスティアは「そうだねぇ……」と小首をかしげる。

艶やかなピンク色の髪に、澄んだブルーの瞳。あらためてみても綺麗なお姉さんだな……なんて思っていると、その艶のある唇からとんでもないセリフが飛び出てきた。

「いまなら金貨数百枚の値が付くんじゃないかな」

最初、聞き間違いだと思った。平民の年収は、金貨に換算して数枚くらい。金貨数百枚なんて、リアナが一生掛かってようやく稼げるかどうかと言う金額だったからだ。

だけど――

「少なくとも、国王のお召し物なんて目じゃないくらい高価だよ」

続けられた言葉は聞き間違いようがなかった。

「そそっそんな高価な服、受け取れません――っ！」

服を反射的に突き返した。

お屋敷はまだ分かる。自分達が出て行ったあとも誰かが使うだろうし、床や壁を傷つけないように、そっと歩けばなんとかなるとは思う。

だけど、服は無理だ。どんなに気をつけたって、汚したりほつれさせたりしてしまうのは避けられない。絶対に受け取る訳には行かない。

「いやいや、それは制服だから。学校に通うときはその服じゃないとダメだぞ」

「だったら下着姿で通いますっ！」

「――ぶっ」

リオンが噴き出すが、リアナは本気だった。

それを感じ取ったのだろう、今度はリオンが焦り始める。

「お、落ち着け、ホントに大丈夫だ。さっき高価だって言ったけど、それは希少価値があるだけで、平民が着ている服と、費用的にはそう違いはない。なあ、アリス？」

「ん～そうだね。私が前世の――じゃなかった、古代の知識を再現して作ったあれこれだから希少価値はあるけど、費用的には……金貨数枚くらいかな？」

「やっぱり受け取れませんんんっ！」

「うわぁっ、待った待った。――って言うかアリス！　それはどう考えても、初期の投資費用を含めてるだろ！」

「あはは、そうだね。実費で考えたら、平民が着ている服とあんまり変わらないよ」

「……そう、なのですか？」

いままで着ていた服とは手触りもデザインもなにもかもが違う。それとあまり手間が変わらないというのは……どう考えても信じられなかった。

「もちろん、まったく同じという訳でもないけどな。いままでの服とは材質が違ったり、生地の織り方が違ったり……とにかく、製法が違ったりするだけなんだ」

「製法が違うだけで、こんな服が……」

嘘を言っているようには見えないけれど、鵜呑みに出来るような内容でもない。

「出来る——と言いたいところだけど、いまはまだ高価だと言わざるを得ない。だから、製法を広めて、みんなの手に届くようにしたいんだ」

「こんなに綺麗なお洋服が、平民であるあたし達の手に届くようになるのですか……？」

呆然と呟くリアナに対して、リオンは力強く頷いた。

「なる。いや、してみせる。そして、それは洋服だけじゃない。美味しい料理のレシピや、便利な道具。様々な知識を広めて、みんなが安心して暮らせる、そんな世界を作りたいんだ」

まるで夢のようなお話。

だけど、だからこそ、現実味のないただの夢のように思えた。

「……本当に、そのようなことが出来るのですか？」

「いまはまだ無理だ。そして、俺やアリス達だけでも届かない。だけど……リアナ。キミ達が力を貸してくれるのなら、きっと為し遂げられる。だからどうか、俺に力を貸してくれ」

リアナ——そして、この場に集められていた子供達は一斉に息を呑んだ。

領主のお手つきになったメイドの子供とは言え、いまは当主代理の地位にある。そんなリオンが、平民である自分達に対して頭を下げたからだ。

貴族は命令するだけで、平民に頼み事をするなんて普通はしない。それなのに、頼むだけではなく頭まで下げる。リオンはなにもかもが規格外だった。

全てを理解できた訳じゃない。本当にそんなことが可能なのかも分からない。だけどリオンは、平民達の幸せを願ってくれている。

だから、リアナは自らの意志で、リオンを信じてついて行ってみようと思った。


それから、リアナ達はあれよあれよという間に寮の部屋へと案内された。

さすがに部屋の内装は、先日一泊した旧お屋敷よりは小さくてシンプルだったけれど、個室であり、ベッドはふかふか。他には机と椅子までもが備え付けてある。

平民であるリアナにとって、破格の環境であることは間違いなかった。

「……ほんと、なにがどうなっているんだろう」

ワンピースを脱ぎ捨ててベッドに倒れ込み、ぼんやりと天井を見上げた。

村が貧困で、妹の身代わりに慰み者として売られてきたつもりだった。それが暖かいベッドに、美味しい食事。あげくはお風呂にまで入れてもらって……

それでいて慰み者になるのではなく、様々な知識を学ばせてもらえるのだという。一体なにがどうなっているのか。まるで理解が追いつかない。

……夢だったりするのかな？　——と、そんなことを考えているうちに眠ってしまっていたのだろう。気がつけば、窓の外がずいぶんと暗くなっていた。

「リアナさん、いませんか？」

「――は、はい、います！」

飛び起きると、メイドが部屋に入ってきた。

そのメイドはベッドの上に座るリアナを見て、一瞬だけなにか言いたげな顔をする。なんだろうと見下ろすと、自分があられもない恰好をしていることに気がついた。

「ご、ごめんなさい」

慌ててワンピースを引き寄せて身体を隠し、ペコペコと頭を下げた。けれど、メイドは「謝るのはこちらです」と穏やかに告げた。

「……ええっと？」

「貴方達はここに連れてこられた理由を誤解していたのでしょう？　そんな緊張から解放されたのなら、疲れて眠ってしまっても仕方ありませんから」

「あ、あぁ……えっと、その。はい」

どうやら、自分が寸前までうたた寝をしていたことまで気付かれているらしい。それに思い至って頬を赤らめた。

「マリーはとても優秀なメイドなんですけど、無口なのが玉に瑕でして。……心配を掛けてしまって、申し訳ありません。主人に代わり、心からお詫び申し上げます」

「い、いいえ、そんなっ！　謝らないでください」

メイドとはいえ、村の小娘でしかなかったリアナにとっては雲の上の存在も同然で、しかもマリーより立場が上そうな雰囲気。そんなメイドに謝られて慌てふためく。

「そ、それより、なにかご用ですか？」

「あっと……そうでしたね。まずは名乗るのが遅くなってしまいましたが、メイドのミリィと申します。あなた達の先生を務めさせていただきますので、よろしくお願いいたします」

「あ、そうなんですね。こちらこそ、よろしくお願いいたします」

栗色の髪に、吸い込まれそうな蒼い瞳。

一言で表現するなら綺麗なお姉さんといった容貌のメイドさん。自分とそんなに年が変わらなさそうなのに、この人が先生になるんだ……と驚いた。

「それで、ミリィ先生は、あたしになにか用事ですか？」

「いえ。ソフィアちゃんが、『生徒同士で自己紹介をしたいの～』と、可愛らしく言っていたので、私が皆さんに声を掛けて回っているのです」

「はぁ……」

生徒同士で自己紹介をするというのは分かる。

リアナ自身も、自分と同じ境遇の人達と仲良くしたいと思っていたので、まさに渡りに船なのだが……それをミリィが呼びに来たというのが分からない。

ソフィアが凄いのか、もしくはミリィ先生が優しいのか、どっちなんだろうと悩む。

「他にも、サプライズを用意しているようですが……リアナさん？ お疲れなら、お断りしてもかまいませんよ？」

「あぁ、いえ。直ぐに向かいます」

リアナの願いは、レジック村で暮らす妹や両親、村のみんなが幸せになること。

同じ夢を語ったリオンが、みんなの力が必要だと言った。

であるのなら、仲間達との交流はきっと必要だ。そう思ったから、みんなの元へと向かうことにした——のだが、部屋を出ようとしたところで、ミリィに腕を掴まれた。

「リアナさん、その恰好で行くつもりですか？」

「…………あ」

リアナは慌ててワンピースを着て、みんなの元へと向かうことにした。

―― 4 ――

生徒同士で自己紹介をすると聞いてやって来たのは学生寮の大広間。

当然、リオンを初めとした貴族サイドの者達はいなくなっているが、リアナと同じ境遇の子供達は全員集まっているようだった。

その中には、二年目だと言われていた子供達も揃っている。綺麗な子供達の中にソフィアを見つけて軽く手を振ってみた。

ソフィアはびっくりするような顔をしたが……今度は目を逸らすことなくリアナの視線を受け止め、ちょっと恥ずかしそうに手を振り返してくれた。

大人しそうで儚げ。妹と似てて凄く可愛いなぁと幸せな気分になる。

「さて、それじゃみんな、明日から学校に行く仲間達と言うことで、自己紹介をしよう」

垢抜けた美少女集団のうちの一人が声を上げた。

さきほどの席でリオンに平気な顔で意見をしていた、黒髪に黒い瞳と、この地方ではちょっと珍しい容姿の女の子だ。

どこか育ちの良さげな女の子は注目を集めながら、みんなの正面へと立った。

「まずは私から始めるね。私はダンケ村出身のティナ。口減らしで奴隷商人に売られちゃったんだけど、リオン様が買い取ってくださったの」

育ちが良さそうに見えた女の子から、予想だにしない身の上を訊いてぎょっとする。しかし、重い内容の割りに、ティナと名乗った少女から悲壮な雰囲気は一切感じられない。

どこまでが本当なのか分からなくて困惑した。

「去年から通ってるから、みんなよりは一年先輩になるけど、そう言うのは気にしなくて良いからね。私のことはティナって呼んでくれていいよ。……って、みんなどうしたの？」

「いや、その……過去が重くて、だけど悲痛な感じじゃなかったから、どんな反応をしたら良いか分からなくて」

みんなを代表して、その内心を打ち明ける。

「貴方は……たしかリアナだったよね」

「え、どうしてあたしの名前を？」

「リオン様に名前を聞かれてたでしょ？　だから、覚えてるの。……って、別にライバルになりそうだとか、そんな心配をしてる訳じゃないよ？」

「……はい？」

意味が分からなくて首を傾げると、なぜかティナの顔が紅くなった。

「な、なんでもないよっ！　それより、えっと……そうそう。私の過去を聞いて、どういう反応をしたら良いか、だったね」

「えっと……はい」

「最初は絶望したりもしたけど、いまでは笑い話だから気にしなくて良いよ」

ティナは穏やかに微笑んだ。そこに影があるとか強がっているとかではなく、心からそう思っているように聞こえた。だからこそ混乱する。

「……笑い話、なんですか？」

「うん。もしくは、幸運なお話、かな」

「幸運……ですか。それは環境のこと、ですか？」

「環境だけじゃないよ。ミューレ学園は本当に凄いんだから」

その言葉に、居残り組の女の子達が一斉に頷いた。

リアナはまだ、ミューレ学園のことが良く分かっていなかったのだけれど、ティナ達の反応を見て本当に凄いのかもしれないと期待する。

「そんな訳で、いまの私の夢は、リオン様の元でたくさん学んで、ダンケ村や他の村、みんなを幸せにすることなの。——みんな、よろしくね」

ティナはそう締めくくって、とびっきりの微笑みを浮かべた。その可愛さたるや、同性でも惹きつけられるほどで、子供達からため息が洩れる。

「それじゃ、これから順番に自己紹介してもらうんだけど……その前に聞いておきたいことってあるかな？　あれば、聞いてくれて良いよ？」

その問いかけに、他のみんなは戸惑った様子で視線を逸らしてしまう。だから、ティナの視線を受けたリアナは、勇気を出して手を上げた。

「あの、質問、良いですか？」

「良いよ、リアナ。それと、私に敬語を使わなくて良いよ」

「え、でも……」

「言ったでしょ、ティナで良いって。同じクラスメイトだから、普通にしてくれた方が嬉しいな。……それで、聞きたいことってなにかな？」

「えっと、はい……じゃなかった。うん。いくつかあるんだけど、聞いても良いかな？」

「良いよ。きっと、他のみんなも同じことを聞きたがっていると思うから」

「なら……ティナは一年前からここにいるんだよね？」

「うん。学生寮はまだ出来ていなかったから、別のところに住んでいたけど、ミューレ学園に通っていたのかという意味なら、その通りだよ」

「そっか……それじゃ、その……本当に……えっと」

慰み者にされないのかと、いざ口にしようと思うとなかなか言葉にならない。だけど、そんな態度から察したのか、ティナは苦笑いを浮かべた。

「うん。リオン様はそういうことはしないよ」

「でも、エルフの奴隷を、夜な夜な閨に引き込んでるって」

「あぁ……アリス先生ね」

「本当にあのエルフのお姉さんが奴隷なの？　とてもそんな風に見えなかったけど……」

超絶美少女なのはおいておくとしても、明るくて優しそうな女性。とても奴隷には見えないと、そこまで考えたところで、ティナも元奴隷を名乗っていることを思いだした。

「……もしかして、奴隷から解放されてる、とか？」

「正解。もともとは、勉強を禁じられて離れに幽閉されていたリオン様が、様々な知識を身に付けるために、クレア様にお願いしたらしいよ」

「……幽閉？」

なんだか、聞けば聞くほど分からなくなると思った。

「リオン様はお手つきになったメイドの子供だからって理由で、色々制限されてたんだって。だから、閨でそういうコトをしている体で、お勉強をしてたそうだよ」

「そう、なんだ……」

リアナに貴族のあれこれは分からないけれど、言っていることはなんとなく分かる。だけどそれより、どうしてティナがそこまで詳しいんだろうと疑問を抱いた。

「ティナはその話、誰から聞いたの？」

「アリスさん、去年も先生だったんだよ。それで、授業の合間に色々と教えてくれるの」

「へぇ……そうなんだ」

エルフだから見た目通りの年齢とは限らない。そして、リオンにあれこれ教えた相手であれば、先生だというのは納得できる。

ただ、ずいぶんとあけすけな話をするんだなぁと、少し驚いてしまった。

それはともかく、重要なのは一年以上ここにいる女の子が、お手つきになっていないと言う事実。その事実が、リアナや他の子供達をホッとさせた。

「他に質問はあるかな？」

「えっと……それじゃもう一つだけ。勉強ってなにをするの？　なんか、農業がどうとか言っていたけど」

「うん。農業に、文字の読み書き。それに算数。他の生産についても色々教えてくれるよ」

「読み書きや算数に……他の生産？」

「いまは紡織。それに畜産とかかな。将来的には、鉄鉱石を扱ったり、ガラス職人とかも育成していくって、リオン様はおっしゃっていたけど」

「ええっと……うん」

なんだか、訊けば訊くほど分からないことが増えていく。いま質問してもきりがなさそうなので、分からないことがあったら尋ねることにしようと、ひとまずは頷いた。

「それじゃ、他に質問は……なさそうだね。みんなの自己紹介を始めようか」

ティナが切り出すと、まずは垢抜けした二年目の女の子達が自己紹介を始めた。

二年目の女の子達はみんな、口減らしに売られた元奴隷らしい。時期的に考えると、レジック村が辛うじて乗り越えた去年の不作を、乗り越えられなかった村の出身だろう。

そんなことを考えていると、流れるように進んでいた自己紹介が止まった。見れば、二年目の女の子達は、ソフィアに視線を向けている。

「次はソフィアちゃんの番だよ」

ティナが促すと、ソフィアは少し怖がるような素振りを見せた。だけど、大丈夫だからと、背

後に回ったティナに両肩を支えられ、リアナ達に視線を向ける。

「ソフィアは……ソフィアだよ。ソフィアの夢は……その、お兄ちゃんの役にたって、お嫁さんにしてもらうこと、だよ」

ふわふわの金髪美少女は、消え入りそうな声で呟いた。お兄ちゃんのお嫁さんだなんて、ずいぶんと微笑ましいなぁと、リアナ達は笑みをこぼす。

「ソフィアちゃんは過去に色々とあったみたいで、ちょっと人見知りが激しいんだけど、優しい子だから、みんな仲良くしてあげてね。ほら、ソフィアちゃん。よろしくって」

ティナの紹介に、リアナ達は息を呑んだ。

ソフィアも元奴隷の子供だと考えると、過去に色々あったと言うのは、想像を絶するような内容に違いないと思ったのだ。

だから――

「よろしくね、ソフィアちゃん」

不穏な空気を吹き飛ばすように、リアナは笑顔で話しかける。

ソフィアはビクンと身をすくめ、それから小さくはにかんだ。そのあまりの可愛さに、リアナは我を失いそうになったのだが……それはともかく。

自己紹介は続き、順番は先日連れてこられたばかりの女の子へと移っていった。そして最後に、リアナへと順番が回ってくる。

「あたしはリアナ。レジック村のリアナです」

反射的に名乗ってから、なにを話すべきなのだろうと考えた。そうして行き着いた答えは、ありのままを語ること。

自分を知ってもらうために、みんなに向かってゆっくりと語り始めた。

「……あたしは正直、貴族の慰み者にされるんだと思ってここに来ました。だから、急に慰み者になんてしない。勉強をしてもらうって急に言われて、まだ良く分かっていません」

それが本音。そして、他の子供達も同じだったのだろう。コクコクと頷いている子供達がちらほらといる。

そんなみんなを見ながら、「だけど——」と続けた。

「あたしがここに来たのは、大切な妹やお父さんお母さん、村のみんなを守りたかったから。だから、ここで学ぶことが村のみんなの助けになるのなら、精一杯頑張りたいです!」

リアナがここに来たのは、無知で無力な村娘でしかない自分には、貧困に喘ぐ村を救うことが出来なくて、妹を護るには自分の身を差し出すしかないと思ったからだ。

だから、自分の手でなんとかする方法があるのならそれを学びたい。

決して簡単なことではないだろうが、どれだけ苦労してもなんとかしてみせる——と、ここに来て抱いた思いをみんなの前で宣言した。

わずかな沈黙、ティナ達が拍手をしてくれる。

そして——

「——なら、見に行こうか」

ティナが唐突にそんなことを口にした。

「見に行くって……なにを？」

「ふふっ、そうだねぇ……リアナは村を豊かにしたいんだよね。だったら……あそこかな」

「……あそこ？　と言うか、いまから？　もう日が暮れるよ？」

この地方は、魔物のように危険な生き物はあまり生息していない。とはいえ、獣の類いがいない訳じゃない。日が暮れたら出歩かないというのが、村人にとっての常識だった。

「大丈夫大丈夫。行き先は街の中だから。絶対にびっくりするから、ね？」

「えっと……うん。そういうことなら」

なんとなく勢いに押し切られた気はするが、そこまで言われて気にならないはずがない。ということで、ティナについていくことにした。

―― 5 ――

なにやら凄いモノを見せてもらえるとのことで、外出することになったのだが、制服を着てくるようにと言われたので、着替えるために自室に戻ってきた。

そうして、リアナはストンとワンピースを脱ぎ捨てた。

ちなみに、この世界では下着がほとんど発展しておらず、穿いていないと言うことも珍しくはないのだが、リアナは黒くて魅惑的なブラとショーツを身に着けている。

リアナの趣味という訳ではなく、ワンピース同様に支給された、この街で作られた最新の下着である。そのため、リアナは自分が身に着けている黒くて魅惑的な下着を、ごくごく普通のデザインだと思い込んでいるのだが……それはともかく。

制服を掴んで身体の前で広げてみた。

コルセット風のブラウスに、チェックのミニスカート。そして、ガーター&ニーハイソックスと、お金持ちのお嬢様が着るようなデザイン。

どう考えても、農作業をするような姿じゃない。

もちろん、畑仕事ばっかりという訳ではないのだろうけれど、勉強をするための服が、どうしてこんなに可愛らしい服なんだろうと小首をかしげた。

なお、魅惑的な下着と可愛らしい制服。

ギャップ萌えな組み合わせから制服のデザインに至るまで、リオンの趣味を予測したアリスティアがデザインしたのだが……リアナがそれを知るのはもう少し先の話である。

それはともかく、いまのリアナは制服に袖を通すのを躊躇っていた。

リオンは普通の洋服とあまり変わらないなんて言っていたけれど、どう考えても高価にしか見えないからだ。

とはいえ、ティナ達を待たせる訳にはいかない。リアナは覚悟を決めて制服に袖を通し、更にはスカートを穿いて、ガーター&ニーハイソックスも身に着ける。

最後にくるっと回って自分の姿を確認して、急いでエントランスホールへと向かった。

エントランスホールには、同じく制服に着替えたティナとソフィアが待っていた。リアナに気付いたティナが「待ってたよ」と上品に手を振ってくる。

「遅くなってごめんね。ティナ、それにソフィアちゃんも。制服の着方があってるか自信がなくて、ちょっと迷ってたの」

「どれどれ……」

ティナがリアナの姿を見回し――不意にミニスカートをぴらっと捲り上げた。

「ふえぇぇっ!? な、なっ、なにするのよっ」

真っ赤になってスカートを押さえ、ティナを上目遣いで睨みつけた。

「ごめんごめん。ガーターベルトの穿く順番があってるかなって思って」

「……ガーターベルトの穿く順番？」

「そうそう。順番があるんだよ。ということで見せて」

「見せてって、そんな……恥ずかしいよ」

「着方があってるか、確認して欲しいんでしょ？」

「そうだけど……うぅ、分かったよ」

村の子供は男女関係なく、裸になって川で水浴びをするのも珍しくはない。

服の着方があってるか見てもらうだけなんだから、恥ずかしいことなんてないと、言い聞かせながら、おずおずとスカートの裾を持ち上げていく。

「こ、これで良い？」

「ダメ、それじゃスカートの中が見えないから、もうちょっと」

「〜〜〜っ」

真っ赤になって顔を逸らしながら、更にスカートを持ち上げる。

「……あぁ、そうだった。このスカートって紋様魔術で、中が見えないようになってたんだった。えっと、ちょっと触るよ？」

「紋様魔術？　というか、触るって……ひゃうっ」

太ももに触れられて思わず悲鳴を上げる。だけど止める暇もなく、ティナのしなやかな指が、ガーターベルトのヒモをなぞるように這い上がってきた。

「ひゃんっ、ちょっと……んぁっ。ちょっと……んっ、ティナ!?」

睨みつけるが、ティナは真面目な顔でスカートの中をまさぐっている。

「……あぁ、やっぱりガーターを後にしてるね。このヒモをショーツの下に通すんだよ。じゃないと、ガーターを外さないと、下着が脱げないからね」

「えと、う、ん……ひゃうっ」

フロアの真ん中でスカートをまくり上げ、同性の子に秘密の花園をまさぐられている。一体なんなのこの状況と、リアナはテンパっていた。

そうして茹で上がっているあいだに、ティナはガーターベルトを付け直してくれた。

「これでよし……って、どうしたの？」

「どうしたって言うか、恥ずかしいよぉ……」

「え？　あ、あぁっ。そっか、そうだよね。服飾のお勉強とかしてると、下着の付け方のレクチャーとかもさせられるから、えっと……その、ごめんね？」

今更気がついたのか、ティナは少し恥ずかしそうな顔をした。

「えっと、その、悪気がなかったなら良いけど……」

服飾のお勉強ってこんなことまでさせられるんだと、リアナはちょっと愕然とした。

それはともかく、ティナに照れられると、リアナも恥ずかしさがぶり返してくる。ソフィアが見守っているのでなおさらだ。

「えっと……あ、そうだ。普段着をどうしようかなって思ってたんだ！」

恥ずかしさを誤魔化すために、強引に話題を切り換えた。それに、同じく恥ずかしがっていたティナが「どうしようって、どういうこと？」と乗ってくる。

「お屋敷で過ごす普段着だよ」

制服のときは問題ない。けれど、リアナの私服と言えば、お風呂に入った後にもらったワンピースの他には、村から着てきたボロボロのワンピースだけだ。

ティナは質素ながらも上質そうな服を着ていたし、ソフィアにいたってはゴシックドレス。あまりみすぼらしい恰好だと、怒られるかもと心配しているのだ。

「それなら大丈夫だよ。私服とか、必要な品はちゃんと支給してもらえるから」

「そう、なの？」

「うん。それに、お小遣いももらえるからね」

「お小遣い!?」

もはや意味が分からなかった。衣食住を提供してもらって、あげくはお小遣い。一体どういうことなのかと、リアナは目を丸くした。

「その代わり、学校の授業中に作ったあれこれは、学校のものになるんだよ」

「……授業中に作ったあれこれ？」

「作物とか、生地とかそういったもの全部だね。それと、私達は将来、リオン様の元で働くことが決まってるから、そのお給金から、学生時代にかかった費用が引かれるの」

「ふえぇ……」

またしても驚いた。将来、お給金から費用を引かれると聞かされた——からではない。将来、リオンのもとで働かせてもらえて、更にお給金までもらえると知ったからだ。

よくよく考えれば、最初からそう聞かされていたような気もするが、給金なんてあってないようなものだと思い込んでいた。

だから、リオンのもとで働くだけで、こんな暮らしを維持できると知って驚いたのだ。

「……なんか、今日は驚きっぱなしだよ」

「分かるよ、その気持ち。でも、本当に驚くのはこれからだから。ね、ソフィアちゃん」

「うんうん、すっごく驚くと思うよ」

ティナに続けて、引っ込み思案なソフィアまでもがそんな風に言う。一体なにを見せてくれるのだろうかと、ますます気になってくる。

「ねぇ、ティナ。一体なにを見せてくれるの？」

「それは見てからのお楽しみだよ――なんて、あんまりもったいぶるのもあれだから、さっそく見に行こうか」

「え、他のみんなは？」

この場にいるとのは三人だけで、他の子は誰も来ていない。

「他の施設を見たいっていう子達がいたから、そっちは私の友達が案内していったよ。あとは、今日は疲れちゃったから、部屋で休みたいって」

「あぁ……そっか」

リアナは自己紹介をする前に少し眠っていたが、そうじゃなかった子達は、いまになって限界が来たのだろうと納得する。

「という訳で、出発しよう」

「え、え、ちょっと待ってよ」

玄関から出かけようとするティナを慌てて引き留める。

「どうかしたの？　なにか忘れ物？」

「うぅん、そうじゃなくて。勝手に外出したら不味くない？　メイドさんについてきてもらうとかした方が良いんじゃ……」

リアナ自身は逃げる気なんてないけれど、そんな風に誤解されるのは困ると慌てる。

「あぁ、それは平気だよ。お姉ちゃんには一応声を掛けておいたけど、出かけたりするのは、特に許可とか取らなくて平気だから」

「許可……いらないんだ」

奴隷的な扱いでないことは分かっていたけれど、それでも好きに外出して良いと言うのは驚きだった。なんだか色々規格外だなぁと呆れてしまう。

「……というか、お姉ちゃん？」

リアナは遅ればせながら、どういうことだろうと首を傾げる。

「あぁ……うん、私のお姉ちゃん、ここのメイドをしているの。今度紹介するね。ということで、そろそろ出発しよう」

言うが早いか、玄関を開け放ったティナが手を引っ張ってくる。やっぱり勢いに圧されてる気がするよ——なんて考えつつ、慌てて歩き出した。

そうして学生寮の外に出たのだが、太陽は街並みに沈みかけている。もう半刻と経たず、世界は暗闇に包まれるだろう。そんな風に心配する。

「ねぇ、ティナ。いまから出かけたら、帰って来られなくならない？」

「平気だよ。街の表通りにはランプの明かりが灯るし、魔導具も借りてきたから」

魔導具という言葉は知っている。紋様魔術を刻んだ道具で、人が体内に宿す魔力を消費して、魔法を発動させることが出来る。

非常に便利な道具ではあるが、とても稀少で、平民には触れることすら許されないほどの代物のはずなのに、借りてきたってどういうことだろうと混乱する。

「さっきも紋様魔術がどうとか言ってたけど……」

「あぁうん、アリス先生が紋様魔術が得意で、この街には魔道具がたくさんあるんだよ。それに制服にも、温度調整やレーザー級って紋様魔術が刻まれているんだって」

なお、レーザー級とは下着が見えそうになると、謎の光が発生する効果である。

更に言うと、レオンにだけはそのレーザー級を打ち消すダークネスと言う紋様魔術が、アリスの手によって刻まれているのだが……それを知っているモノはいまのところごくわずか。

もちろん、リアナはなんのことか分かっていないのだけれど。ひとまず、この街は色々とおかしいと言うことだけは理解した。

そんなこんなで連れてこられたのはミューレ学園だった。一体どんなモノを見せてもらえるのだろうと思っていたリアナは、学園そのものに驚いた。

まず、敷地がとんでもなく大きい。学生寮がいくつも入りそうな敷地に、これまた学生寮よりもずっと大きな校舎が建てられている。

小さな村で育ったリアナにとっては、街の存在自体が別世界だったのだが……この校舎はここ最近見た中でも飛び抜けていた。

「リアナお姉ちゃん」

ソフィアがツンツンと袖を引っ張っていた。

「ソフィアちゃん、どうかしたの？」

「えっと……ティナお姉ちゃんに置いて行かれちゃうよ？」

「——えっ」

慌てて見回せば、ティナが一人で校舎の裏へと向かっていた。

「ちょ、ティナ。待ってよ！」

呼びかけるが、ティナは上品に微笑みつつも「見せたいのはこっちだよ」と止まってくれない。立ち居振る舞いは上品だが、以外とおちゃめな性格な気がする。

「もぅ……仕方ないなぁ。行こっか」

ソフィアの手を掴んだ。その瞬間、ソフィアはびくりと身をすくめる。

「ごめん……もしかして、嫌だったかな？」

「えっと……その」

ソフィアは困った顔をしつつ、リアナの顔を見つめてきた。

ティナの言っていた過去が原因で、ソフィアは人に触れられることを怖がっているのかもしれない。そんな風に心配したのだけれど――

「……リアナお姉ちゃんは優しいね」

不意に、ソフィアはふわりと笑みを浮かべた。さっきまでの怯えた様子とはまるで違う。ずっと年上のような、達観した表情に驚きを覚える。

「ソフィア、ちゃん？」

「うぅん、なんでもないよ。ほら、ティナお姉ちゃんが待ってるよ！」

「え、え？　ソ、ソフィアちゃん？　えぇぇぇっ!?」

ソフィアを連れて行くために掴んだ手が、逆に引っ張られる。

それは良い。別に良いのだが……小さな身体のどこにそんな力があるのか、リアナは物凄い勢いで引きずられていった。


「とうちゃーく」

ソフィアが可愛らしく告げて足を止める。さっきまでのオドオドした女の子はどこへ行ったのかと言いたくなるほどの変わりようである。

「えへへ、ごめんね。ソフィア、知らない人と話すのが、凄く苦手で」

「そうなんだ？」

……って、あれ？　いま、あたしが考えてたことを当てられた？　――って、いまの状況なら、みんな同じことを考えるよね。なんて苦笑いを浮かべる。

「来たね、リアナ。ほら、見てこの畑を」

リアナ達の到着を待っていたティナが、目の前の空間を指差した。校舎の裏手にある畑。その畑は、リアナの村にあったどの畑よりも小さい。

いや、それどころか、想像よりもずっとずっと小さかった。

だけど――

「う、そ……なに、これ……」

リアナは雷に打たれたような衝撃を受けていた。

なぜなら、小麦の実りが信じられないほどに良かったからだ。

いまはまだ四月に入ったばかり。比較的温暖なこの地方でも、収穫までには一ヶ月以上もあるのだけれど、現時点でも明らかに豊作であることが分かる。

新しく作った畑であることを差し引いて考えてもありえない。これが本当の豊作だというのなら、レジック村基準の豊作は、ここでは凶作に分類されるだろう。

それほどまでに、ここの実りは異常だった。

「こんなに実るなんて信じられない――って考えてる？」

内心を正しく言い当てられ、バッと振り向いた。ティナは……どこか得意そうな顔で笑っている。それを見て、一つの結論にいたった。

「まさか……これが、学校で習うこと、なの？　学校で農業の知識というのを習えば、レジック村でも、こんな風に豊作にすることが出来る……の？」

信じられない。でもそうであって欲しい。そんな思いを抱きながら問いかける。

果たして、ティナはこくりと頷いた。

「――と言っても、環境による差はあるけどね。農業の知識を身に付けて、それを実践すれば、この畑と同じくらい豊作にすることが出来るんだって」

「すご、い……」

レジック村の収穫量は、税を納めたら食べていくのに届かないレベル。足りない食料を、狩りなどで補っているのが現状だった。

だけど、村全体の畑がこれだけの豊作になるのなら、暮らしは桁違いに良くなるだろう。

リアナは気がつけば、ティナの両肩を掴んでいた。

「……リアナ、どうしたの？　なんか、目が恐いんだけど」

「教えて」

「……え？」

「どうすれば、こんな風に豊作になるのか教えて！」

「え、え？　えぇっと……それは」

「――それは⁉」

　一言も聞き漏らさないと迫る。

「ちょ、リアナ。顔が近いよ」

　ティナがちょっと恥ずかしそうに顔を逸らす。それを見て、自分が興奮しすぎであることに気付いたリアナは飛び下がった。

「ご、ごめんっ！」

「……うぅん。驚いたけど、許してあげる。気持ちは分かるからね」

「～～～っ」

　恥ずかしくて、消えてしまいたい。けど、消える前に、豊作にする方法を聞かなくっちゃと、リアナは視線を逸らしたい衝動に耐えた。

「ごめん。でも、どうしても教えて欲しいの。どうしたら、こんな風に豊作になるの？」

「んっとね。私が去年習ったのは、連作障害の対策に、肥料の作り方。それに、小麦を踏むことに、土壌の酸性土の調整。あとは治水工事、水はけを良くすることとか、かな」

「え、えっと……い、一から説明してくれる？」

　方法を聞けば、直ぐに再現できると思っていた。けれど、聞いた説明が良く分からない。少し恥ずかしくなって、ちょっと控えめに尋ねてみる。

「ふふっ、分からないよね。私も最初は意味が分からなかったもの」

「それは……つまり、ミューレ学園でお勉強を頑張れば、さっき言ったような、小麦を豊作にする方法を詳しく教えてもらえるの？」

期待を抱いて問いかける。それに対し、ティナはゆっくりと首を横に振った。だから、がっかりしそうになったのだが――

「小麦だけじゃないよ」

「……え？」

「小麦だけじゃなくて、色んな作物を豊作にする方法を教えてもらえるの。それどころか、農作業だけじゃないよ。料理、紡織、他にもたくさん、色々なことを教えてもらえるの」

「そうだよ、一杯一杯、教えてもらえるんだよ～」

ソフィアまでもが同調する。ここに来て、疑う理由はなにもなかった。

ここに来たのは妹の身代わり。

自らをリオンに差し出し、レジック村に支援をしてもらうのが精一杯。自分の力では、もうなにも出来ないのだと思っていた。

だけど……そうじゃない。ミューレ学園に通えば、自分の力でレジック村のみんなを幸せに出来るかもしれない。自分の力で、妹を救えるかもしれないと、あらためて強く思った。

だから――

「あたし、ミューレ学園で、必死にお勉強をするよ」

夕焼けに染まる空の下。

一度は諦めた夢を、この手で実現してみせる――と、リアナは強く強く決意した。

無知で無力な生徒は、授業で苦戦する　1

　小麦の実りを見て感動した日の翌朝。制服に着替えたリアナが食堂に向かおうと部屋から出ると、ティナとソフィアに出くわした。

「おはよう～、リアナお姉ちゃん～」

「わわ、おはよう、ソフィアちゃん」

　腕の中に飛び込んできた小さな身体を慌てて抱き留める。

「おはよう、リアナ。昨日はよく眠れた？」

「おはよう、ティナ。お布団がふかふかでぐっすりだよ。最初は……ちょっと興奮して眠れなかったけどね、えへっ」

　照れくさくてペロッと舌を出す。それを見たティナが「無理もないよ。私も初めて見たときは、凄く興奮したから」と笑う。

「やっぱり、あの光景は衝撃だよね。……っと、あたしは食堂に行くところだったんだけど、二人はどうしてここに？」

「うん。ソフィアちゃんが、リアナと一緒にご飯を食べたいって言うから」

「ソフィアちゃんが？」

視線を下ろすと、腕の中にいる小動物が胸の辺りに頬ずりしている。人見知りな少女はどこへ行ってしまったんだろうという感じだ。

「ソフィアちゃんが人見知りなのって最初だけなの？」

「うぅん、いまだにクラスでも親しいのは私くらいだし、いまくらい仲良くなるまで結構掛かった気がするよ。リアナが例外なんじゃないかなぁ」

「そうなんだ……」

特に好かれるようなことをした記憶はないんだけどなぁと首を傾げる。

「あのね、ティナお姉ちゃんやリアナお姉ちゃんは、心がとっても綺麗なの。だから、ソフィアのお兄ちゃんやお姉ちゃんと同じように、一緒にいると安心できるんだよぉ～」

上目遣いのソフィアは、穏やかな微笑みを浮かべている。

やっぱり、そんな風に言われるようなことをした覚えはないのだけれど、こんなに可愛い子に好かれて嬉しくないはずがない。「あたしもソフィアちゃんと居ると安心できるよ～」と、リアナは小さな身体をぎゅっと抱き返した。


その後、朝食を共にした三人は、ミューレ学園へとやって来た。

昨日は日が沈みかけていたうえに、畑まで一直線であまり見る余裕がなかったけれど、その校舎はまさに規格外だった。

校舎は三階建てで、その壁は屋敷と同じようにレンガが積まれている。透明のガラスも何十枚と使われているし、これが王都にあるお城だと言われてもリアナは信じただろう。

「あらためて見ても凄いねぇ」

「でしょ〜、校舎はこのあいだ出来たばっかりなんだよ」

「そっか、それでこんなに綺麗なんだね」

しがみついて離れないソフィアに引かれながら、おっかなびっくり校舎に足を踏み入れると、長い廊下にいくつもの部屋が並んでいた。

部屋の一つを覗くと、正面に向かって机と椅子が並んでいる。

なにもかもが規格外で、感嘆のため息が何度もこぼれ落ちる。

「えっと……教室は、今年も同じ教室みたいだね」

張り出されていた案内を見たティナが、廊下の端を指差す。いくつも並んでいる部屋の一番奥が、リアナ達の教室となっているらしい。

ついに勉強が始まるんだ——と、リアナは期待を胸に歩き出した。


——そうして始まった授業中、リアナは「ぐぬぬ……」と唸っていた。

一限目の授業は、メイドのミリィが先生で、授業の内容は文字の読み書き。あたしは農業のお勉強をしたいのに……と、唸っていたのだ。

「リアナさん、リアナさん？」

「――ひゃい!?」

突然名前を呼ばれて立ち上がる。そんなリアナを見て、ミリィは苦笑いを浮かべた。

「リアナさん、先生の話を聞いていませんでしたね？」

「……すみません」

申し訳なくて項垂《うなだ》れる。

だけど――

「――あたしは、村を豊かにするためのお勉強がしたいのに」

リアナはハッと顔を上げた。いまのセリフは内心を言い表していたが、自分が口にした言葉ではなかったからだ。

驚くリアナを、ミリィがイタズラっぽい顔で見つめていた。

「ふふっ、図星でした、か？」

「え、その……はい、すみません」

「素直でよろしい。……そうですね。農業に文字の読み書きは必要ない。そんな風に思っている人は多いでしょう。だけど……違います。それを教えましょう。そうですね……」

ミリィは頬に人差し指を添え、考えるような素振りを見せた。年上のはずだが、ともすれば年下にも見えるような仕草。

「たとえば、以前はどうにかしていたはずだけど、久しぶりのことでどうすれば良いか分からない。そんな状況になったら、リアナさんの村ではどうしていましたか？」

「え？　えっと……そうですね。お年寄りなどに、対処法を知らないか聞いていました」

「そうですね。どこの村でも、お年寄りの知恵に頼ることは多いと思います。だけど、お年寄りが亡くなったりして、知識が失われてしまうこともありますよね？」

「はい。うちの村でも、おばあちゃんが生きていてくれたら……なんてことがありました」

「そうでしょう？　でも、文字で記録しておけば、文字を読める人を連れてくるだけで、ある程度は解決できると思いませんか？」

「……あ」

　たしかにその通りだと思った。

　リアナ自身もレジック村を豊かにするために色々と試したが、その結果は頭の中にしかない。だけど、もし文字に残していれば、いつか誰かがそれを読んで、後を引き継いでくれる未来もあったかもしれない。

「文字の読み書きが出来た方が良い理由はいくらでもあります。文字の読み書きが出来た方が良いというのは分かりましたね？」

「はい、すみませんでした」

　ミューレ学園で学ぶと決めていたのになにをやっているんだろうと、ぺこりと頭を下げた。

「よろしい。それでは、文字の読み書きに戻りますよ」

　ミリィは微笑みを浮かべて、緑色の板に文字を書き込んでいく。ちなみに、緑色の板は黒板で、文字を書くのはチョークと言うらしい。

緑色の板なのに、なぜ黒い板と呼ばれているんだろう……？　そんな疑問が湧かなかったと言えば嘘になるけれど、文字の勉強をすると決めたばかり。

リアナは必死に、ミリィの書く文字を記憶していったが――


「あぁ～ダメだぁ～」

一限目の授業が終わった後の休み時間。リアナは机にパタリと倒れ込んだ。村で生まれ育った娘には、授業の内容は少々難しかったようだ。

リアナが脳を休めながら教卓の方を見ていると、教室にリオンがやって来た。中性的な見た目の、年下の男の子――だけど、その立ち居振る舞いは、ずっと年上のようにも見える。

そんなリオンがミリィに声を掛け、仲が良さげに会話を始める。学校に来てまでミリィ先生を口説くなんて、リオン様って本当に女ったらしなんだなぁと呆れる。

とはいえ、長いブラウンの髪に優しげな顔立ちや穏やかな物腰。なにより、胸が物凄く大きいから、リオン様が惚れちゃっても仕方ないよねなんてことも考えた。

――そうしてぼんやりと見ていると、二人は教室から出て行ってしまった。どこへ行くんだろうと目で追っていると、その視界をミューレ学園の制服が遮る。

「ふふっ、お疲れ様」

ねぎらいの声が振って降りる。見上げれば、黒い髪の天使が立っていた。慣れない授業やらなんやらで弱っていたリアナは、縋るように両手を伸ばした。

「ティナ～、文字、覚えきれないよぅ」

「ふふっ、焦らなくても大丈夫だよ。私も最初は、全然分からなかったもん」

「そう、なの……？」

にわかには信じられなかった。ティナやソフィアと言った居残り組はみんな、文字の読み書きを完璧にこなしていたからだ。

だけど――

「ティナお姉ちゃん、最初は酷かったんだよ」

ティナの背後から、ぴょこっとゆるふわの金髪が飛び出してきた。

「ソフィアちゃん、最初は酷かったって……？」

「あのね～。まだ答えが一桁の足し算引き算を習ってたときのことなんだけど……」

「ちょっ、ソフィアちゃんっ。まさか、あの話を言うつもり!?」

普段はおしとやかなイメージのティナが珍しく慌てふためいていて、ソフィアを止めようとする。だけどソフィアはその手をするりと躱してしまった。

「黒板に書かれている2＋2に対して、答えは0か2か4か6か8って言ったんだよ」

「うわあああ、ソフィアちゃんのイジワルっ」

ティナは真っ赤でソフィアに文句を言っているが、リアナはいまいちピンとこなかった。そうして指を折って「答えは……4、だよね？」と問いかけた。

「うんうん。そうなんだけど、ティナお姉ちゃん、その頃は文字や数字が読めなかったから」

「……？？？」

やっぱり良く分からなくて首を傾げる。

「ん〜っと、黒板の問題が読めなくて、だけど答えは一桁の足し算か引き算。さらに、式の右と左が同じだから。１＋１か２＋２か３＋３か４＋４。もしくは同じ数同士の引き算のどれかだと思って、そんな風に答えたんだよ〜」

「やーめーてー、説明しないで〜〜っ」

なにやらティナが涙目になって悶絶をしている。そのやりとりを横目に、指を折って計算していたリアナは「あぁっ！」と声を上げた。

１＋１は２で、２＋２は４。それ以降は直ぐに答えが出せなかったけれど、さっきの数列がそうなのだろうと理解したのだ。

そして、ティナも一年前は文字の読み書きが出来なかったと知って、自分も頑張れば一年でいまのティナのようになれるのかなと少しだけ希望を抱いた。

ただ……やっぱりティナは頭が良いんだなぁとも思う。

二人は笑い話にしているが、もし黒板に同じ計算式が書いてあったとしても、自分なら読むことが出来ないからと諦めていた——と、そう思ったからだ。

「ちなみに、ソフィアちゃんも、最初はそんな感じだったの？」

ふと疑問に思って尋ねる。それに対して、ティナが苦笑いを浮かべた。

「ソフィアちゃんは、なんて言うか……凄かったよ、別の意味で」

「……別の意味？」

「ソフィアちゃん、今以上に人見知りだったんだけど……お勉強は最初から凄く出来たんだよね。と言うか、先生が答えに窮したときに、ソフィアちゃんに聞いてたことがあるくらい」

「えぇ……」

それはつまり、先生が頼るほどの知識をソフィアが持ち合わせているということ。本当に、一体何者なんだろう……？　と首を傾げる。

いまこのタイミングなら、聞けるかもしれない。そんな風にも思ったけれど、結局聞くことはなかった。扉が開いて、見たことのない中年男性が入ってきたからだ。

「次の授業を始めるぞ。そろそろ席に着け」

誰だろうとぼんやり眺めているうちに、ソフィアやティナは自分の席へ。他の生徒達も、それぞれの席へと戻っていった。

「どうした、そこのお前。なにか言いたげだな？」

「す、すみません。知らない人だから、誰なんだろうと思いまして！」

指摘されて慌てふためく。ちなみに、同じような反応をしていたのはリアナだけではないのだが、席の位置的に目立ってしまったようだ。

「そうか。まだ知らないのだな。この学校では、教える授業の内容によって、それぞれ先生が替わるシステムなんだ。そして、俺はライリー。歴史の授業を担当するライリーだ」

「……先生だったんだ」

「そうだ。だから俺は不審者じゃないぞ」

「ふぇぇぇっ!? そ、そんなことは思ってませんよ!?」

「冗談だ」

「あうぅ……」

すっかり弄られキャラになりつつあるリアナは、恥ずかしさに顔を赤らめた。

――と、そんな感じで初日は過ぎていった。

初日の授業で習ったことは多くない。それぞれ、こんなことを勉強するという説明がほとんどで、詳しい内容には触れなかったからだ。

それでも、村を豊かにするのに役に立ちそうだと思う話がいくつもあった。それらを学習していけば、自分はきっと妹を幸せにすることが出来る。

そんな風に思ったリアナは、思いっきりやる気を出して勉強を始めたのだが――

「うえぇ……むつかしいよぉ……」

やる気だけでは、埋められないものがあったらしい。

すべての授業が終わると同時に、机に向かってバタリと倒れ込んだ。

――2――

初日の放課後。クラスメイト達がおしゃべりをしながら帰り支度を始める。そんな中、リアナは授業で習った内容を思い返していた。

本音を言えば、つつがなく――とは言いがたい。読み書きに算数、それに歴史の勉強など、授業に付いていくのが精一杯だった。

ただ、リアナが思い返しているのは、それらの科目ではない。

必死に聞いた農業に関する授業だ。初日なので、習った内容は触りだけだったけれど――連作障害に、肥料の作り方やその必要性。さらには酸性度の概念や、治水のあれこれなどなど。

リアナにとっては、何物にも代えがたいほど貴重な内容だった。

中でも連作障害の対策は非常に興味深かった。

なぜなら、連作障害で発生する症状に心当たりがあり、なおかつ対策が比較的容易。つまり、いまのリアナが村に帰るだけでも、村の食糧事情を改善出来る可能性がある。

いますぐ村に帰り、習った知識をお父さんに伝えたいと考える。

だけど、リオンの要請でここに来て、衣食住の面倒を見てもらっている。なので、自分の都合で帰りたいと言っても、許してもらえるはずがないことも理解している。

なんとかして、お父さんにこのことを伝えられないかなと考えていた。そんなリアナの背中に、急に誰かが飛び乗ってくる。

「リアナお姉ちゃん、お疲れだよ〜」

「うぐぅ……ソフィアちゃん、重い……」

まだ色々と発展途上のリアナは、机に押しつけられて胸が苦しいとうめく。ちなみにソフィアは五つも年下なのに、背中から伝わる感触はふよんとしている。

お勉強だけじゃなくて、胸の大きさまで完敗なんて……とリアナは絶望した。

「大丈夫だよ、リアナお姉ちゃんもきっとこれから成長するよ〜」

「……え？」

まただ。また、考えてることを読まれた。もしかして、ソフィアちゃんは本当に、人の心が読めるのかな？　なんて、ちょっとありえないことを考えてしまう。

「お勉強、大変そうだね」

「……え？」

「さっきから唸ってるの、お勉強のことであれこれ考えてたからでしょ？」

「あ、あぁ、うん。そうなの」

なんだ、あたしがバテてるのを見て心配してくれたのかと納得する。

そもそも、人の心を読むなんて……と考えたリアナは、それがありえない話ではないことを思い出した。この世界には魔術が存在するし、恩恵と呼ばれる特殊な能力も存在するからだ。

その中には人の嘘を見抜くなんて能力もあるが……それらは非常に希有な能力だ。もしそんな能力を持っていれば、それだけでお城仕えだって夢じゃない。

学校の生徒に、そんな特殊な力を持った子供がいるはずがないので、ソフィアはただ勘が凄く良い子なんだろうと結論づけた。

「ねぇねぇ、リアナお姉ちゃん。良かったら教えてあげようか？」

「え、なにを？」

「お勉強だよぉ。今日の授業はもう終わりだから、分からなかったところを教えてあげるよ」

「う、うぅん……」

ありがたい。ありがたくて、いますぐにお願いと飛びつきたくなる。

自分なりに考えたことのある農業はともかく、歴史などはお手上げ状態。それを教えてもらえるのは非常にありがたいのだが、ソフィアは五つも年下で、アリアと同い年の女の子だ。

そんなソフィアにお勉強を教えてもらうのは、なんだかちょっとプライドが……

そんな風に思ったので、自分とほぼ同い年のティナ、と言っても、一つ年下だが――を巻き込もうと、黒髪の少女を捜して周囲を見回した。

「ちなみに、ティナお姉ちゃんは、今日は用事があるって先に帰っちゃったよ？」

「あうぅ……」

どうやら、一人で必死に復習をするか、もしくはソフィアに教えてもらって復習するか、選択は二つしかないらしい。

悩んだのは一瞬。妹達のために、残っていたプライドを丸めて放り投げた。

そんな訳で、連れてこられたのは学生寮にある一室だった。膝くらいの高さのテーブルがいくつも並んでいるのだが、その足下が掘り下げられてお湯が張ってある。

「ソフィアちゃん、これは？」

「これは足湯って言うんだよ」

「……あ、これが足湯なんだ」

足湯というのは、学生寮に入ってから何度か聞いた単語だった。足のお湯ってどういう意味だろうと不思議に思っていたのだが、目の前の光景を見てようやく理解する。

「靴は板張りのところに上がる前に脱いでね～」

「うん、分かった～」

靴を脱いで部屋に上がり、スカートの下に手を差し入れて、ニーハイソックスを脱ぐ。そうして、ソフィアと向かい合って、おっかなびっくり足湯に足を付けた。

「ふわぁ……暖かい」

「えへへ、そうでしょ～」

先ほどから、ソフィアは上機嫌だ。そんなに足湯が好きなのかなと顔を見る。視線に気付いたソフィアが、どうしたのと言いたげに首を傾げた。

「なんでもないよ。それじゃ、さっそくお勉強を教えてもらっても良いかな？」

最初は年下の女の子に勉強を教わることを躊躇していたが、ここに来て開き直っていた。だから、勉強を教えて欲しいと頭を下げる。

「うん。もちろんだよ〜。それじゃ、最初は……やっぱり、読み書きのお勉強か、かな」

ソフィアは前置きを一つ。どこからともなく、薄くて白い紙を取り出した。

ここに来るまで見たことは愚か、聞いたこともなかったのだけれど、最近グランシェス伯爵領で開発された、羊皮紙に変わる植物紙だそうだ。

勉強をするためにと配られたのは少数だけ。まだ数が少ないから無駄遣いはしないようにと念を押されたのだが……ソフィアは、その紙の束をテーブルの上に置いた。

「……それ、どうしたの？」

「これは、ソフィアの私物だから、好きに使って良いよ〜」

「へぇ……そうなんだ」

学校で配るくらいだから、そこまで高いものではないはずだ。けど、開発されたばかりの植物紙を持ってるなんて、やっぱりただ者じゃないよねと考える。

なお、いまはまだ希少価値が高く、貴族が金に糸目をつけずに欲しがるほど珍しい代物なのだが……そんなことは夢にも思わない。

それじゃ、一枚使わせてもらうねと紙を受け取り、ソフィアから読み書きを学ぶ。いままで文字という存在に触れたことがないリアナにとって、それはなかなかに大変な授業だ。

けれど、妹のため、家族のため、村のみんなのため。そんな強い意志によって、必死に文字を頭に叩き込んでいく。

黙々と勉強をしていると、ソフィアが休憩しようと切り出した。

「あたし、まだまだ頑張れるよ？」

「やる気があるのは良いけど、ときどき休んだ方が効率は良いんだよぉ」

「そう、なの？」

「うん、お兄ちゃんが言ってたの」

「へぇ〜、そうなんだね」

勉強を教えてもらっているあいだにも、お兄ちゃんという言葉は頻出している。ソフィアが優秀なのはどうやら、そのお兄ちゃんに勉強を教わったからのようだ。

なので、リアナの中でも、〃お兄ちゃん〃に対する信用は上がっている。ソフィアちゃんのお兄ちゃんがそう言ったのなら——と休憩することにした。

「それにしても、ソフィアちゃんは先生達と仲が良いよね」

今日の授業で抱いた感想を口にした。ひいきされているという訳ではないのだけれど、なんと言うか……先生は大抵、妹を見守るような目でソフィアを見ているのだ。

もっとも、リアナも同じような目で見ているので、人柄なのかもしれないが。

「みんな優しいからね〜。でも、ライリー先生はちょっと恐いかなぁ……」

ソフィアは少しだけ困った顔で呟いた。

「あぁ……ライリー先生、声が大きいし熱血だもんね。あたしは良い先生だと思うけど……」

歴史を担当する、ミューレ学園の中では数少ない男の先生。かなり熱血な先生で、授業についいて行けずに焦るリアナ達にも丁寧に説明してくれた。

リアナはわりと気に入っていたのだが、ぐいぐい来るライリーの性格を、人見知りの激しいソフィアが苦手とするのは必然といえるだろう。

とはいえ、お世話になっている先生の悪口を言うのは気が引ける――という訳で、「なら、ミリィ先生は？」と話の対象を変えた。

ちなみに、ミリィはおそらく二十歳くらい。物凄く胸が大きくて、包容力のあるお姉ちゃんというイメージで、ソフィアは間違いなく慕っていると予想したのだが――

「ミリィ先生はお母さん、かな」

「――ぶっ⁉」

斜め上の返事が返ってきて咳き込んでしまった。たしかにソフィアはリアナより五つ年下で、ミリィはリアナより少し年上くらい。

十歳くらいは離れている可能性はあるけれど、いくらなんでもお母さんは怒られるんじゃないかなぁと冷や汗を流す。

それになんと言うか……ミリィは凄く優しそうな反面、怒ると恐そうな雰囲気もある。朝の一件もあり、怒らせてはいけない先生と認識していた。

という訳で、ミリィの話も不味いと思ったリアナは、新たな話題を探す。そうして、ソフィアが、ちゃぷちゃぷと足湯に付けた足を揺らしていることに気がついた。

「足湯、気持ち良いよね。あたし、こんなのがあるって知らなくてびっくりしたよ」

「うんうん、ソフィアも最初は凄く驚いたよ。ソフィア、温泉だぁい好き」

無邪気に笑うソフィアが可愛いと、釣られて微笑む。

「ソフィアちゃんは、他にどんなものが好きなの？」

「うぅん……そうだね。あっ、ソフィアはプリンも大好きだよ！」

「……プリン？　あ、夕食の最後に出た、甘い食べ物だね」

至高の味を思い出して顔を蕩けさせる。

「うんうん、凄く美味しいよね。……あ、ちょうど良かった。アリスお姉ちゃ～ん」

ソフィアが不意に、入り口の方に向かって声を掛けた。

「アリスお姉ちゃん……って、アリス先生!?」

振り返ったリアナは、入り口を見てぎょっと目を見開く。

ソフィアが気安く呼びかけたのは、桜色の髪をなびかせるエルフのお姉さん。

元奴隷で、毎晩リオンの閨に呼ばれていた――のは、勉強が目的だったらしいけれど、リオンと恋仲とも噂の、農業を始めとした生産全般の先生だったからだ。

「ダ、ダメだよ、ソフィアちゃん、先生をそんなに気安く呼んだら！」

「リアナの言うとおりだよ、ソフィアちゃん。学校では先生だって言ってるでしょ」

「だってぇ～、ここは学校じゃなくて学生寮だよぉ？」

そういう問題じゃないよね!?　なんて感じでリアナは真っ青になって取り乱す。

そして――

「学生寮は学校に入るんじゃないかなぁ……別に良いけどね」

「良いんだ!?」

思わず叫んで、慌てて口を塞ぐ。

恐る恐る視線を向けると、アリスティアはクスクスと笑っていた。

「ソフィアちゃんと仲良しなんだね」

「えっと……はい。なんだか、気に入ってもらえたみたいで」

「リアナお姉ちゃんは、とっても優しいんだよ！」

「ソ、ソフィアちゃん、そんな風に持ち上げられたら恥ずかしいよ」

それに、自分は別に優しいと言われるようなことをしていない。そんな風に思ったのだけれど、アリスティアは「へぇ～そうなんだ～」となにやら感心を始めた。

いや、それだけならばまだ分かる。

だけど――

「本当に凄いね。もしかしたら、将来は私の妹になるかもしれないね」

「……妹、ですか？」

どういうことだろうと首を傾げるが、アリスティアは微笑むだけで答えてくれなかった。

アリスティアはもちろん、メイド達も良い人揃いなのだが……相変わらず、良く分からないことが多すぎる。なんか不思議なところだよね、ミューレ学園って――と思った。

「ところでソフィアちゃん、ちょうど良かったたって言ってたけど？」

「うん、ソフィア、プリンが食べたいなぁって思って。そしたら、ちょうどアリスお姉ちゃんがいたから」

「ソッソソ、ソフィアちゃん!?」

先生であり、貴族の関係者でもある。

そんなアリス先生を使用人扱いだなんてと、慌てて立ち上がったのだが――

「〜〜〜っ」

弾みでふとももを机にぶつけて泣きそうになる。

「リ、リアナお姉ちゃん、大丈夫？」

「だ、大丈夫、だよっ」

むしろ大丈夫じゃないのはソフィアちゃんの方だよ！　とうめく。だけど、だからこそ、ソフィアが怒られる前にと必死に口を動かす。

「そ、それより、プリンが必要なら、あたしがもらってくる、よ！　えっと、食堂に行ってお願いすれば良いんだよね!?」

ソフィアが怒られないようにと捲し立て、足湯から出ようとする。リアナの腕を、アリステイアが掴んだ。

「慌てなくても大丈夫だよ。いつものことだから」

「い、いつものこと、なんですか？　ソ、ソフィアちゃ〜ん……」

ダメじゃないと咎めるように視線を向けるが、ソフィアは小首をかしげている。教室での鋭かったソフィアちゃんはどこに行ったのよと心の中で嘆いた。

「と、取り敢えず、今日はあたしが行きますね」

せめて自分がいるときくらいはと思ったのだが、アリスティアは首を横に振った。

「ソフィアちゃんのこと、心配してくれてありがとうね。でも、本当に大丈夫だよ。それに、ソフィアちゃんが欲しがってるのは、まだ食堂では手に入らないいんだよね」

「……えっと、どういうことですか？」

最初に思ったのは、どこかで作ったものが屋敷に運び込まれるというパターン。それなら、貴族関係者にしか取りに行けないのは分かるのだが——

「食堂にもプリンはあるんだけど、そっちは焼きプリンなの。で、ソフィアちゃんが欲しがってるのは、冷やして作るプリンなんだよね」

「冷やして作る？　……それが、どこかから届けられるんですか？」

「うぅん。このレシピを知っているのは、この世界で私達だけだから。作るのは私だよ」

「せ、世界で私達だけ？　アリス先生が作るんですか？」

「うん。精霊魔法で冷やして、ちょいちょいっとね」

「ちょ、ちょいちょい……」

もはや、どこから突っ込めば良いか分からない。そんな思いで呆気にとられていると、アリスティアは「それじゃ作ってくるね」と行ってしまった。

「ソ、ソフィアちゃん、本当に大丈夫なの？」

「うん、アリスお姉ちゃんは、お菓子作りも上手なんだよ」

「……いや、あたしはそういうことを言いたかった訳じゃないんだけど……」

ソフィアが何者なのか、あらためて疑問に思う。

ただ、ソフィアが幸せそうで、アリスティアも特に怒っているようには見えなかった。だったら、自分がとやかく言うことじゃないのかなぁ……とあれこれ考えた結果――

「なにこれ、なにこれ、なにこれ！　冷たいプリンってむちゃくちゃ美味しいんだけど!?」

プリンがあまりに美味しすぎて、そのまま忘れてしまった。

―― 3 ――

とにもかくにも、ミューレ学園であれこれ学ぶ日々は始まった。

初日はかなり慌てふためいていたが、ソフィアやティナのフォローもあって、なんとか落ちこぼれることなくついて行くことが出来ている。

そして――一週間ほどが過ぎたある日。授業の内容を書き留めたノートに目を通していると、誰かが背中に抱きついてきた。

ふよんと、柔らかな二つの膨らみが背中に押しつけられる。

「……ソフィアちゃん?」

「えへへ、良くソフィアだって分かったね?」

リアナの背中に張り付いたソフィアが耳の側で話しかけてくる。

「こんなことするの、ソフィアちゃんしかいないじゃない」

休み時間のたびに机に突っ伏していたのは最初の頃だけ。少し余裕が出てきたこともあり、ソフィアやティナ以外のクラスメイトともだいぶ仲良くなった。

とはいえ、抱きついてくるようなクラスメイトは、今のところソフィアだけだ。

ついでに言えば、背中に押しつけられる膨らみの大きさも、ソフィア以外にありえない。あたしより年下なのに……と、自分の胸を持ち上げてみる。

明らかな質量の違いに、情けないため息がでた。

「……それで、今日はどうしたの？」

肩越しに問いかけると、ソフィアは正面へと回り込んできた。そうして、ふわりと、花開くように微笑んだ。

「あのね。お茶会をしたいの。それでそれで、ティナお姉ちゃんとリアナお姉ちゃんを招待したいなぁ……って思ったんだけど。これから、どうかなぁ〜？」

「お茶会？　もちろん歓迎だけど……？」

紫色の瞳をしばたたかせて首を傾げる。

最近の日課は、足湯でお茶菓子を楽しみながらのお勉強会。お茶会という言い回しは初めてだけど、断るはずなんてないのにと思ったからだ。

——なお、なぜソフィアがそんな言い方をしたのか、ここでちゃんと確認しなかったことを後で悔やむことになるのだが……このときのリアナは知るよしもない。


という訳で、ティナと合流。学生寮に向かうことになると思ったのだけれど……連れてこられたのは、学生寮の向かいにある大きなお屋敷だった。

「えっと……あの、ここ、グランシェス家のお屋敷、だよね……？」

「うんうん、そうだよ〜」

「えっとぉ……そうだよ〜じゃなくて——って、ソフィアちゃん!?」

迷わず、お屋敷の入り口へと歩き出してしまう。慌ててソフィアの後を追いながら、どうしたら良いのかと視線を向けると……ティナは苦笑いを浮かべていた。

「えっと……ティナは事情を知ってるの？」

「……あはは。以前、ソフィアちゃんから聞かされたからね。だから、お茶会って言うのは、たぶんそういうことじゃないかなぁとは思ってたよ」

「それって、どういう……」

「リアナも、もう気付いてるんじゃない？」

「それじゃ……ソフィアちゃんは、貴族、なの？」

「正確には、リオン様の義妹、なんだって」

「義妹……」

どういうことだろうとしばらく考え、一つの結論に至った。

貴族は才能ある子供に援助し、教育を施すことがある。そのレアケースとして、養子にするという話を聞いたことがある。

ソフィアは幼いながらも非常に優秀なので、養子になっているのだろう。いままでの違和感は、それが理由だったのかと納得した。

納得したのだが……

「……え？　それじゃいまから、このお屋敷で、お茶会を、する……の？」

「うん。それに、たぶんだけど、リオン様も顔を出してくださるんじゃないかな……？」

「え、えええええぇぇぇぇぇぇえっ!?」

リアナの悲鳴がお屋敷の入り口に響き渡った。


ちなみに、悲鳴を聞きつけたお屋敷の警備らしき者達が様子をうかがいに来たのだが、ソフィアを見ると、挨拶をして立ち去っていった。

どうやら、ソフィアが貴族の養子だというのは本当らしい。

「あ、あたし、リオン様の前でお茶を飲むなんて出来ないよ!?」

授業で少しだけ、ほんの少しだけ礼儀作法について習っている。だけど、だからこそ、自分がどれだけ礼儀を理解していないかを知っている。

なんとかして辞退しようと思ったのだけれど――

「リアナお姉ちゃん、お茶会……嫌なの?」

足を止めて振り返ったソフィアが悲しげで、思わず言葉に詰まってしまった。

しかも――

「リアナお姉ちゃんが嫌なら、無理にとは言わないよ。残念だけど、リアナお姉ちゃんの分のお菓子は、後で部屋に届けてもらうね」

「ちょ、ちょっと待って。あたしの分って……なに?」

「さっき連絡をして、二人のお菓子を用意してもらったの」

「あうぅ……」

既に、リアナが出席することを連絡済み。こうなっては逃げることは出来ない。と言うか、逃げる方が失礼になってしまう。そう思ったので観念することにした。

せめて、リオン様が同席なんてことにだけはなりませんように——と、ささやかな願いもむなしく、案内されたお屋敷のサロン。

向かいの席にはリオンの姿があった。

「二人とも、今日は良く来てくれたな。アリスが腕によりを掛けてお茶菓子を用意してくれたから、思う存分楽しんでくれ」

「ほ、本日はお招きいただき、あり、ありがとうございます」

つっかえながらもなんとか挨拶するが、緊張でなにを言っているか分からない。テーブルには見たこともないお菓子が並んでいるが、それらに感想を抱く余裕すらない。

そもそも、リアナは先日までただの村娘でしかなく、目上の者と接する機会がなかった。だから、グランシェス伯爵に仕えるメイドや騎士が相手でも緊張していた。

ましてや、リオンは更に上の存在。普通に話すだけでも緊張するのに、部屋で向き合って座っているなんて……とテンパっていた。

だが、とうのリオンは気にした風もなく、ソフィアとおしゃべりをしている。

「しかし、ソフィアが友達を連れてくるなんてなぁ……」

「えっと……ダメだった？」

「ダメなはずないだろ。ソフィアに友達が出来るか心配していたんだ。だから俺もアリスも、ソフィアが友達を連れてくるって聞いて凄く喜んでるんだ」

「……ほんと？」

「ああ、このたくさんのお茶菓子も、アリスがお祝いだって言って用意してくれたんだぞ」

「そっかぁ……えへへ」

優しい眼差しを向けるリオンに、信頼の眼差しを向けるソフィア。二人のやりとりは、仲の良い兄妹そのものだ。

お父さんからは、リオン様は良くない噂ばかりあるって聞いてたけど、噂って当てにならないんだなぁ……と、そこまで考えたところで、ふと思い出してしまう。

ソフィアが、将来はお兄ちゃんのお嫁さんになりたいと言っていたことを。

あれって……もしかしてそういう意味？

ソフィアちゃんは義妹だからセーフ……なのかな？　でも、リオン様にはアリス先生が。うぅん、それだけじゃなくて、クレアリディル様もなんか言ってたし……とリアナは混乱する。

そしてたくさん考えた末に……忘れることにした。

現実逃避するように視線を巡らし、涼しい顔で紅茶を飲んでいるティナに視線を向ける。

「ねぇねぇ、ティナはあんまり慌ててないよね。もしかして、前にもこんなことが？」

リオン達には聞こえないように、コッソリと問いかける。

「え、私？　うぅん、お茶会に呼ばれるのは今回が初めてだよ」

「そうなの？　それにしては、あんまり緊張してないように見えるけど」

「あぁ……うん。色々あってね」

なにやら苦笑いで遠い目をする。そんなティナの態度が気にならないはずがない。ということで、「なにがあったの？」とストレートに問いかける。

「……あのね。去年はまだ先生が少なかったの。たとえば、ミリィ先生達が先生になったのは今年から。去年は先生じゃなくて補佐。半分は生徒みたいな立場だったんだよ」

「そう、なんだ……？」

でも、それがどうしたんだろう……と思ったのは一瞬。ティナの視線をたどって、まさかという推論に思い至った。

「去年は……先生だったの？」

誰がとは聞くまでもない。視線の先にいるのは、ソフィアとおしゃべりに興じるリオン。そしてティナは、「うん。リオン先生と……もう一人、クレア先生」と呟いた。

もう一年以上前になるが、グランシェス伯爵家の当主と、その正妻。そして跡継ぎと目されていた長男は何者かに殺されたという。

なので、いまのグランシェス伯爵家は当主が不在。

お手つきになったメイドの子供であるリオンが当主代理の座につき、長女にして正妻の娘であるクレアリディルは補佐として働いている。

そんな二人が先生。去年の生徒達は、一体どれだけプレッシャーを感じながら授業を受けていたのかを想像し、自分はまだマシだと思った。

「ところで、リアナだったか？」

「――ひゃいっ⁉」

急に名前を呼ばれて飛び跳ねる。椅子に座っていたのに、数センチは身体が浮いた。それを見たリオンが「脅かしたか、すまん」とすべてを察したような顔をする。

もういっそ笑って、笑ってよ――っ！　くらいの勢いで泣きそうになるが、真っ赤な顔でぷるぷるしながらも「大丈夫です」と取り繕った。

「そっか。なら……えっと、聞いて良いか？」

「な、なんでしょう？」

「学校生活はどうかなと思って。なにか不満とかはないか？　いや、不満じゃなくても、なにか言いたいこととかあれば、遠慮なく言ってくれ」

「い、言いたいことだなんて、そんな……」

貴族に意見するなんてと怯える。だけどそれと同時に、リアナの中で一つの思いが膨れあがった。そしてその思いは、貴族に対する恐怖心を凌駕する。

「あ、あの、リオン様、お願いです。あたしを村に帰らせてください！」

思いの丈をぶつけた。その言葉に、ティナやソフィアが息を呑むのを気配で感じる。だけど、それでも、リオンをまっすぐに見つめ続けた。

「……理由を、聞かせてくれ」

長い沈黙の後、リオンが絞り出すような声でそういった。

その表情からは、怒っているかどうかは分からない。けど、快く思っているはずがない。申し訳ない気持ちになりながらも、実は……と口を開く。

このわずかな期間で学んだことですら、村の収穫に大きな影響を及ぼせるはずだ。だから、次の種まきまでに、連作障害のことだけでも伝えたい——と、そんな思いを捲し立てた。

それを聞いたリオンは——脱力してしまった。

「……脅かすなよ。それならそうって、先に言ってくれ」

「え？　あの、えっと……？」

グランシェス家に衣食住の面倒を見てもらった上で、学園で様々な知識を学んでいる。そんなリアナが村に帰らせて欲しいと言った。

物凄く自分勝手なお願いで、罰を与えられても仕方がないと思っていた。

なので、リオンの反応は本当に予想外だった。

「あの……怒って、ないんですか？」

「ちょっと怒ってる。ミューレ学園にそこまで不満があるのかって驚いたからな」

「……え？　あっ、ち、違います！　あたしはただ、村のみんなにもこの知識を伝えたいって思っただけで、いまの環境に不満があるなんてありえません！」

どんな誤解を招いたのか理解して、あたふたと謝罪を始める。

「そうか。心臓には悪かったけど、リアナの言い分は分かった。ただ、その提案は却下だ」

「……そう、ですよね」

普通の貴族が相手なら、無礼だと暴力を振るわれても仕方がない。普通に却下されただけ、良かったと思うところだろう。そんな風に自分に言い聞かせる。

「リアナ、勘違いしているだろ？」

「勘違い、ですか？」

「ああ。勘違いだ。俺が却下したのは、リアナを村に帰還させることだけ。要望を却下した訳じゃない――と言うか、その件なら既に対応済みだ」

どういうことだろうと紫色の瞳を揺らす。

「各村に食糧支援をおこなっているのは知っているか？」

「はい、レジック村も支援をしていただくことになってましたから。今頃は、支援してくださっているんですよね？」

「ああ。それでその際に、直ぐに改善できるような問題は、伝えるように手配してあるんだ」

「え、それじゃ……？」

「リアナの故郷にも、連作障害の概念や、その対策くらいは伝えてあるってことだ」

驚きの事実――ではなかった。リオンは村人達のことをちゃんと考えると言ってくれていた。であれば、リアナが思いつく程度のことはしてくれていて当然だった。

「すみません、あたし、なにも知らなくて。リオン様を疑うような真似を……」

「いや、謝ることはないよ。それより、その考えは、自分で思いついたのか？」

「えっと……そうですけど？」

「そうか……」

リオンがなにから考える素振りを見せた。やっぱり、怒らせてしまったのだろうかと、リアナは少しだけ不安に思ったのだが――

「ねぇねぇ、リオンお兄ちゃん、リアナお姉ちゃんって、凄いでしょ～？」

「たしかに、ソフィアの言うとおりだな。……うん、この時期でここまで考えるなんて、リアナが初めてなんじゃないか？」

「ソフィアもそう思う。ティナお姉ちゃんは、最初はお勉強してなかったしね」

「――ちょ、ソフィアちゃん⁉　その話、いまする必要ないよね⁉」

いきなりティナが顔を真っ赤にして慌て始めた。それを見たリアナは「どういうことなの？」とティナに向かって首を傾げる。

「うぅ……あのね、私もリアナと同じなの。ここに連れてこられたときの私は奴隷で、貴族様の慰み者にされると思って……」

「あぁ……」

なんとなく理解した。リアナはお風呂に放り込まれたとき、汚いままなら、夜伽の相手に選ばれないかもと考えた。

もし、その後も誤解が解けていなかったら、勉強でも同じことを考えただろう。

「へぇ、ティナは、そんな誤解をしてたんだ。と言うか、慰み者になるのが嫌で勉強をしてなかったなんて、初耳だぞ」

リオンが何気なくそういった瞬間、ティナは物凄い勢いで両手を振り始めた。

「ちちっ違います！　そのころはリオン様のことを知らなかったから。だから、その……いまなら、えっと、な、なんでもないです！」

態度だけでも丸わかり。しかもいまにして思うと、ティナは普段はおしとやかに振る舞っているのに、ときどき元気な村娘といった本性が出る。

リアナはすぐにティナの気持ちを察した。

けれど、当の本人であるリオンは、「そんなに慌てなくても、ティナが勉強を頑張ってることはちゃんと知ってるぞ」なんて言っている。

いくらなんでも鈍すぎじゃないかな？　それとも、アリス先生と恋仲だから、他の人は眼中にないのかな？　なんてことを考える。

その直後――

「パトリック様、そちらに行かれては困ります。直ぐにお取り次ぎをいたしますので、待合室でお待ちください！」

不意に、廊下からそんな声が聞こえてきた。それがなにを意味しているのか理解するよりも速く、部屋の扉が開け放たれた。

姿を現したのは、いかにも貴族といった金髪碧眼の男。その男はお茶会の席を見回すと、ソフィアのところで視線を定めた。

―― 4 ――

ソフィアに誘われたお茶会。ティナの他にリオンまで同席していて、リアナはずっと緊張していたのだが、ようやく会話が弾んできた。

そんなときにいきなり貴族風の男が乱入してきた。

その男は部屋を見回すと、ソフィアに視線を定め――

「ソフィア、キミを迎えに来たぞ！」

両手を広げ、ソフィアの元へと歩み寄っていく。もしかして、ソフィアちゃんの家族なのかな？　なんて思ったのは一瞬だけだった。

怯えた様子のソフィアが逃げてきたからだ。

「……ソフィアちゃん？」

良く分からないが、リアナの背中にしがみついて怯えている。なので、間に割って入った方が良いのかなと考える。

だけどそれよりも早く、リオンが男の前へと立ちはだかった。

「なんだ、お前は」

「俺はリオンだよ」

「……なるほど、お前がグランシェス家の当主代理か。俺はパトリック。パトリック・ロードウェルだ、良く覚えておけ」

伯爵家の息子であるリオンに、物凄く高圧的な態度で接している。こんな偉そうな相手、貴族以外にはありえないと確信する。

「それで、パトリックさんがなんのようだ？」

「ふんっ、お前になんぞ用はない。俺はソフィアを迎えに来ただけだ」

パトリックはリオンを避け、リアナの後ろにいるソフィアに視線を向ける。だけど、彼がソフィアに近づくより先に、リオンが再びあいだに割って入った。

「……貴様、なんのつもりだ？」

「それはこっちのセリフだ。俺の義妹を連れて行かせるはずがないだろ」

「義妹だと？　ふざけるな。俺は知っているんだぞ。お前がいかがわしいことをするのが目的で、村娘を集めていることをな。そんなやつのところに、ソフィアを預けておけるか！」

「――ぶっ。い、いや、それは誤解だから」

リオンは思わず咳き込んだ。それから誤解だと必死に否定。ミューレ学園は農業などの知識を教えるところだと説明する。

しかし、パトリックはまるで信じない。

どうやら、リアナ達が誤解していたことが、そのまま噂になってしまっているらしい。

「あの……リオン様がおっしゃっていることは事実ですよ」

見かねて口を挟んだ。その瞬間、パトリックが不機嫌そうな視線を向けてくる。

「お前は……どこの貴族だ？」

「あ、あたしは、ただの平民ですけど……」

「平民だと？　ただの平民が俺に意見をするのか⁉」

「──っ」

一瞬で怒り狂ったパトリックが右手を振り上げた。

殴られる──そう思って目をつむったのだが……予想した衝撃はいつまで経ってもやってこなかった。恐る恐る目を開くと、リオンがあいだに入ってくれていた。

た、助かったぁ……と、安堵の息を吐いた。けれど、リアナが殴られる危機は去ったが、パトリックが引き下がった訳ではない。

リオンとパトリックの睨み合いが始まる。

「貴様、さっきからなんだ。俺の邪魔立てをするのか？」

「悪いが、ここにいる娘達は俺の客人なんだ。あまり脅さないでくれ。それとリアナ、それにティナも。大丈夫だから大人しくしててくれ」

「……はい、すみません」

自分が出しゃばったせいで、リオン様に謝らせてしまった。そう思って恐縮する。

「客人だと……？　は、なるほどな。やはり、村娘を集めて、いかがわしいことをさせているというのは事実のようだな」

「いやいや、勉強をさせるためだって言ってるだろ」

「はっ、語るに落ちたな。勉強を教えるだけなら、そのように美しく着飾らせる必要はあるまい。その姿こそ、勉強以外に目的がある証拠ではないか！」

「いや、まぁ……そうなんだけど」

なにやら、リオンの方が圧されている。

と言うか、パトリックの言い分の方が正しいような気がしてくる。ホントに、あたし達は慰み者にされる訳じゃないのよね……？　と、あらためて不安になった。

「――コホン。制服が俺やアリスの趣味であるのは事実だが、誓って生徒達にいかがわしいことをするのが目的じゃない」

「はっ、どうだか。怪しいものだが……まあ良い。とにかく、ソフィアを渡してもらおうか」

「悪いがそれは出来ない」

「なぜだ、ソフィアは俺の婚約者だぞ！」

――え、そうなの!?　と驚いたのだが、背後に隠れているソフィアがぶんぶんと首を横に振っているのを気配で感じる。

ソフィアは否定しているが、パトリックは婚約者だと言っている。

ソフィアちゃんが言い寄られている感じなのかな？　リオン様の義妹になってるだけで、もとは平民の女の子だと思ったんだけど……もしかしてお金持ちのお嬢様だったり？

などと考えながら、二人のやりとりを見守る。

リオンは落ち着いて対応しているが、パトリックはずいぶんと感情的になっている。

「さっきから言っているが、ソフィアが婚約者って、それはお前がそう言っているだけだろう。そういう話があったと言うだけで、実際には婚約は成立していないはずだ」

「……では、あくまでもソフィアを引き渡さないと？」

「渡すつもりはない。ソフィア自身が望むのなら話は別だが、な」

ソフィアに視線を向ける。その視線を感じ取ったのか、はたまた声が聞こえたからなのか、リアナの背中でソフィアはぶんぶんと首を横に振った。

だから——

「あの、ソフィアちゃん、嫌がってるみたいですよ」

思わず口に出してしまった。口を出さない方が良いと思いつつも、いま背中で震えているソフィアのことが心配だったからだ。

そんなリアナに対して、パトリックが憎悪の籠もった視線を向けてくる。隣にいるティナがダメだよと袖を引っ張ってくるが、視線は逸らさなかった。

「……お前、名をなんと言う？」

「あたしは、リアナです」

「そうか。ではリアナ。お前は平民で、ミューレ学園とやらに通っているのだな？　学校で習うのがいかがわしいことではなく、勉強だというのは事実か？」

「事実です。リオン様の学校は、農業を始めとした、色々な知識を教えてくれるんです。だから、いかがわしいことなんて、絶対にありません」

「……ふん、そうか」

パトリックはなぜかにやりと笑って、リオンに視線を向けた。

「リオンよ。そこの娘が言っているのは事実なのだな？」

「ああ、その通りだけど？」

「では、俺もそのミューレ学園とやらに入学しても問題はないな？」

「――はぁっ!?」

リオンが素っ頓狂な声を上げ、リアナとティナも同じような声を漏らした。そして、ソフィアに至ってはびくりと身を震わせる。

「なに、簡単な話だ。俺も、お前の教える学問とやらに興味があるだけの話だ」

「冗談はよせ」

「冗談なものか。……しかし、そうだな。もし、ミューレ学園でいかがわしいことをしているのが事実だと分かれば、ソフィアは連れて帰らせてもらうがな」

「……そういうことか」

リアナは横暴貴族と一緒に勉強をするなんて考えられないと思ったのだけれど、リオンは黙りこくってしまう。どうやら、迷っているようだ。

止めて欲しいとお願いしたい。けれど、さっきから口を挟むたびに状況が悪化している。その自覚があるから、歯を食いしばって沈黙を守る。

そして――

「……断ると言ったら？」

「ふむ。断ると言うことは、やましいことがあると言うことだろう。その場合は、おもしろおかしく、グランプ侯爵に話して差し上げよう」

「……まったく、嫌なところをついてきやがる」

「なんのことだ？　やましいことがなければ、断る必要などないだろう？」

そんなことないわよ！　やましくなくても、貴方みたいなのに来て欲しくないから！　と、喉元までこみ上げたセリフは、必死に飲み下した。そうして、リアナが唸っているあいだに、パトリックがミューレ学園に通うことが決定してしまった。


「――すまない」

パトリックの編入が決定し、いつからどうやって通うかという話し合いが終了。パトリックが帰っていった直後、リオンが頭を下げた。

「……あ、頭を上げてください！」

「そうです、リオン様が謝ることなんてありません！」

どうして謝られたのか分からないリアナとティナが慌てて捲し立てる。たっぷり数秒ほど数えて、リオンはゆっくりと頭を上げた。

「謝ったのは、パトリックを生徒として受け入れたからだ。みんなに迷惑を掛けると思うから、それが申し訳なくてな」

「それは……その、そうしなきゃいけない理由があるんですよね？」

リアナはさきほどのやりとりを思い返しながら尋ねた。

「……まぁな。パトリックのやつが言ってただろ。グランプ侯爵がどうのって」

「それは聞きましたけど……」

グランプ侯爵と言われても分からないと首を傾げると、ロードウェル家の後ろ盾になっている、大きな力を持つ貴族だと教えてくれた。

「うちはいま、当主の座が空席でゴタゴタしているんだ。中には、俺が父や兄を暗殺したと勘ぐるやつもいる。だから、たとえ根も葉もないデマだとしても、侯爵家に介入させる口実を与えたくなかったんだ」

貴族同士での駆け引きなんて良く分からない。けれど、リオンがどうしようもなくて、そうしたことだけは理解した。

だから、リアナは精一杯の笑顔を浮かべる。

「不安がないって言えば嘘になりますけど……あたしは大丈夫です。それに、ソフィアちゃんも、あたしが護ります」

力強く宣言して、背後に隠れているソフィアを引き寄せて、ぎゅっと抱きしめた。

「分かっているのか？　相手は貴族なんだぞ？」

「分かっては……いないかもしれません。でも相手の目的は、ミューレ学園がやましい場所であると証明すること、なんですよね？」

「たぶんな。俺の弱みを握って、ソフィアを連れて行くつもりだろう」

「だったら大丈夫です。ミューレ学園にやましいところなんてないんですから」

そうですよね？　と、視線で問いかける。口ではやましいところなんてないと肯定しながらも、心の中ではパトリックの言っていた制服の件が気になるリアナであった。

しかし、リオンは「そうだな」と頷く。

「ミューレ学園にやましいことはない。でも、みんなに迷惑を掛けるかもしれない」

「それだったら気にしないでください」

「いや、だけど……」

「リオン様は、平民が平和に暮らせる世界を作るとおっしゃいました。あたしは、リオン様についていて行くと決めたんです。ですから、謝らないでください」

すべてを信じた訳ではないけれど、村娘でしかない自分達に、リオンが頭を下げたのは事実。村人の平和を願ってくれていることは疑いようがない。

「リオン様が必要だと判断したのなら、あたしはどんなことだって従います」

「……リアナ、ありがとう。俺も約束するよ。出来るだけ早くなんとかする。それに、リアナがピンチになったら、絶対に俺が助けてみせる。だから、少しだけ我慢してくれ」

リオンの黒い瞳が、まっすぐにリアナを捕らえる。

「——わ、私も同じ気持ちです！　ソフィアちゃんは私達が護ります！」

ティナが同意してくれる。そしてソフィアも「ソ、ソフィアも、リオンお兄ちゃんのこと、信じてるよ」とリアナの腕の中で呟いた。

「……ありがとう、みんな。迷惑を掛けると思うけど、よろしく頼む。もし困ったことがあれば、遠慮なく俺に相談してくれて良いからな」

「はい、ありがとうございます」

力強く頷いた。パトリックと一緒に学園に通うのは嫌だったけれど、リオンを信じて付いていくことが、妹を幸せにする近道だと思ったからだ。

リアナの判断は間違っていない。

けれど、そうして選んだ未来は決して平穏ではない。リアナはこの日を境に、様々なトラブルに巻き込まれていくこととなる。

――ただし、主にパトリック以外が原因で。

――5――

お茶会の翌日。教室は騒然となっていた。

朝のホームルームの席で、ミリィ先生の口から、二週間ほどしたらパトリック――つまりは貴族の息子が編入すると聞かされたからだ。

いくらリオン達が優しくても、それは例外中の例外。貴族が本来横暴であるという認識は消えていないので、生徒達が抱いたのは不安。

とはいえ、衣食住すべての面倒を見てもらっている子供達に、嫌だなんて言う資格は――あるいはあるのかもしれないけれど、口にすることの出来た者は一人もいない。

表面上、パトリックの編入は問題なく決定。

編入してくるまでに、生徒達は礼儀作法を学ぶことが決まった。


――そして、あっという間に二週間が過ぎ、朝のホームルーム。

ミリィ先生の横に、パトリック。そしてその更に横には見知らぬ男が控えていた。

「俺はパトリック様の従者であるベイルだ。これより、お前達下賤な平民に、パトリック様がありがたいお言葉をくださる。心して聞くように」

「ふん。……俺がパトリック。パトリック・ロードウェルだ。今日から無知なお前達に、あれこれ教えてやるから感謝するように」

いきなり意味が分からなかった。同じ生徒として編入してきたはずなのに、教えてやるとは一体どういうことなのかと、教室全体がざわめいている。

そんな反応が気に入らなかったのか、パトリックの顔が不機嫌な色を帯びる。だけど、彼が口を開く寸前、パンパンと手を叩く音が響いた。

「皆さん静かにしなさい。いまはホームルームの時間ですよ」

ミリィが一喝、教室に静寂が戻った。それに対し、パトリックが満足げな顔をした。そんなパトリックに対し、ミリィが微笑みを向ける。

見る者を魅了するような優しげな微笑み。ミリィは生徒達に対して事前に、パトリックを決して怒らせてはいけませんと、口を酸っぱくして言っていた。

だから、ここでも取りなすのだと、誰もが思ったのだが——

「貴方も貴方です。ここに勉強をしに来たのなら、さっきの挨拶はおかしいでしょう。よろしくお願いしますと言うべきではないですか、パトリックさん」

笑顔なミリィの口から発せられた言葉は、どう考えても取りなしていない。いや、それどころか、パトリックに喧嘩を売っていると言っても過言ではない。

生徒達はぎょっとした顔をして、パトリックは顔を引きつらせた。

「貴様……誰に向かってそのような口を利いている！」

激昂したパトリックがミリィの胸もとを掴んだ。それを見たリアナ達が悲鳴を上げるが、ミリィは涼しい顔で平然としている。

「貴方こそ、先生に向かってそのような態度、許されると思っているのですか？　貴方はこの学校内においては貴族ではなく、ただの生徒でしかありませんよ」

「なんだと!?」

「取り決めにあったはずです。それとも、その程度のことも忘れてしまったのですか？」

「貴様……っ」

ミリィの胸もとを締め上げるパトリックの手が怒りで震えている。どうしよう、どうしたら良いんだろうと、リアナはパニックになった。

だけど――

「心配しなくて大丈夫だよ。もしものときは助けに入るから」

隣の席に座っていた女の子がぽつりと呟いた。聞き覚えのある声に振り向いたリアナはぎょっとした。横に座っているのが、制服姿のアリスティアだったからだ。

「ア、アリス先生が――」

どうしてと口にするより先に、大きな声を出さないでと遮られてしまった。

「……アリス先生、なにをしてるんですか？」

「もしものとき飛び出せるように見張ってるんだよ」

「それだったら、早く止めてください……っ！」

いまも教卓の横では、ミリィとパトリックのにらみ合いが続いている。状況は緊迫していて、いつ殴られるか分からないと小声で訴えかける。

精霊魔術の使い手で、剣術の先生でもある、アリスティアなら止められると思っての判断だが、ミリィ達に視線を向けながらも、アリスティアは首を横に振った。

「彼が入学の際に結んだ契約に、生徒としての領分を守るというものがあるの。学校の関係者に手を出せば、退学にすることが出来る。逆に言えば、それを破らないと対応できない」

「……まさか、そのために？」

いまにして思えば、ミリィの対応はらしくなかった。でも、それがパトリックを怒らせて、自分に暴力を振るわせるためだとしたら納得がいく。

——と、そこまで考え、一つの推論に至った。

「リオン様の指示……なんですか？」

自分とあまり歳の変わらない女の子に、殴られるように仕向けさせた。領民達を護ると言いながら、自分のメイドに犠牲を強いる。それがリオンのやり方なのかと、少しだけ嫌な気持ちになった。

けれど——

「リオンは優しすぎるからね。良くも悪くも、そういう決断はしないよ。だから、今回のことを言い出したのは彼女自身なの。生徒に被害が及ぶ前に……って」

「そんな……っ」

貴族に詰め寄られて凄く恐いはずなのに、ミリィは視線を逸らすこともない。その行動は、リアナ達生徒を護るためだという。

リアナの目には、ミリィが凄くかっこよく見えた。

「……でも、パトリックもさすがにそこまで馬鹿じゃない……もしくは、従者が手綱を握ってるのかな。今回は失敗、みたいだね」

アリスティアが呟く。それとほぼ同時、パトリックがミリィから手を放した。どうやら、怒りにまかせて殴るほど直情的ではなかったらしい。

——そうして、パトリックがクラスメイトに加わった。

パトリック達は、下手に手を出せば学園から追い出されると理解しているのだろう。編入して数日、横暴な口を利くことはあっても、誰かに暴力を振るうことはなかった。

けれど、それなら問題ないと言うこともなく——リアナはほとほと弱り果てていた。

切っ掛けは、ソフィアが言い寄られて困っているのを助けたこと。そのときに「む？　お前は、あのときのかわ——生意気な娘だな！」とロックオンされてしまったのだ。

ソフィアを庇っているうちに、ソフィアが言い寄られる機会は極端に減った。

けれど、その代償として——

「ふっ、リアナは歴史が苦手なようだな。どれ、分からないことがあれば俺が教えてやろう」

歴史の授業。生徒はどの席に座るのも自由なのだが――パトリックはなぜか隣に座り、授業中だというのにあれこれ因縁を付けてくる。

リアナはそんな嫌がらせを全力で無視した。

「む、なぜ答えない。俺がせっかく教えてやると言っているのだぞ？」

「すみませんが、ノートを取っているので」

あたしは真面目に勉強するんだから邪魔しないで！　そう叫びたい衝動に駆られながらも、先生が黒板に書いたことを黙々とノートに書き写していく。

「なにを言う。授業の内容などより、俺の話の方が――」

「そこ、私語は慎みなさい」

歴史の先生であるライリーが助け船を出してくれる。教師とコトを構えるのはよろしくないと思っているようで、パトリックは大人しくなる。

けれど――


「ふん、リアナ。お前はさっきの授業、ほとんど理解できなかったのだろう？　どうだ、お前がお願いしますというのなら、この俺が親切にも教えてやっても良いぞ」

授業が終われば、そんな嫌味が再開され――

「おい、そこのお前！　貴族である俺の前を横切るなど礼儀を知らぬのか！　普通なら、無礼討ちにされてもおかしくはないぞ！　……どうだ、リアナ。俺は優しいだろう？」

などなど、リアナの前で、自分が特権階級であることをひけらかしてくる。パトリックにまとわりつかれているせいで勉強ははかどらず、それに対してパトリックがあれこれ口を出してくる、そんな悪循環。

リアナが集中攻撃を受けているおかげで、ソフィアの被害は格段に減った。その点だけは不幸中の幸いと言えるが……リアナのストレスは限界に達しようとしていた。

そんなある日の放課後。リアナは学生寮の足湯でぐったりとしていた。

同席しているのはソフィアとティナ。学生寮は女子寮ではないのだが、パトリックはグランシェス家の旧お屋敷に滞在しており、学生寮にまではやってこない。

放課後だけが、安らげる時間だった。

「リアナお姉ちゃん……大丈夫?」

隣に座っているソフィアが、おずおずと問いかけてきた。

「……えっと、大丈夫、だよ」

嘘だ。ソフィアに責任を感じさせたくなくて、反射的にそんな風に答えただけだ。けど、テーブルに突っ伏しながらでは説得力がなかったのだろう。

「ごめんね。ソフィアのせいで。本当は、ソフィアがなんとかしなくちゃいけないって、分かってるんだけど……ごめんなさい」

いまにも泣きそうな声を零す。それに気付き、リアナは飛び起きた。

「ソフィアちゃん、そんな顔をしなくて良いんだよ。悪いのはパトリックさんで、ソフィアちゃんじゃないんだから」

「でも……パトリックさんが来たのは、ソフィアのせいだから……」

ソフィアの紅い瞳が潤んでいく。リアナは「ホントのホントにソフィアちゃんは悪くないよ。ね、そうだよね！」とティナに助けを求めた。

「うん、そうだね。私もそう思うよ」

「だよね！」

だからソフィアちゃんは悪くないんだよ――と、元気づけようとしたのだが、ティナが先んじて「それに――」と続けた。

「あの人、最近はリアナのことを狙ってるみたいだし」

「……上手いこと言わないで、シャレになってないから」

ふかーいため息をこぼす。

パトリックがソフィアを狙っているのは婚約者として。だけど、リアナを狙っているのは、生意気な小娘に嫌がらせをするためだ。

狙うという意味では同じだけれど、根本的な意味がまるで違う――という意味で、さきほどの反応となったのだが、ティナは不思議そうに首を傾げた。

「上手いことって……どういうこと？」

「え、だから……」

自分の解釈を語って聞かせると、澄んだ黒い瞳がなにやら三角形になった。

「……えっと、なに、その顔は」

「呆れたって顔だよ？」

「それじゃ見たまんまだよ……」

実際に呆れられていると確定したけれど、なぜ呆れられているかが分からない。なにか呆れられるようなことを言ったかなぁと頬に指を当てた。

「自覚なかったんだね。パトリックさん、どう考えてもリアナに気があるよ」

「……………………はい？」

たっぷり十秒くらい考えてから理解して「そんな訳ないじゃない。あたしが、いつも嫌がらせされてるの知ってるでしょ？」とため息をついた。

「嫌がらせって言うか……村のいじめっ子が、好きな子に嫌がらせしちゃう感覚だと思うよ」

「さすがにそれは、パトリックさんのこと馬鹿にしすぎじゃないかなぁ。そもそも、あの人は、ソフィアちゃんをお嫁さんにするために来たんでしょ？」

「なにも、リアナを正妻に狙ってるとは言ってないよ。ただ、お妾さんとか、愛人とか、色々あるじゃない？」

「……それはまぁ、そうかもしれないけど」

リアナの村にも、好きな子にイジワルしちゃうような男の子はいた。

けれど、パトリックは仮にも子爵家の息子だ。いくらなんでも、村のイジワルな男の子と同じ発想なんてありえないと呆れる。

わりと鈍感なリアナであった。

「……あの、ソフィアも、ティナお姉ちゃんと、同意見、だよ？」

「ソフィアちゃんまで……ティナが相手だったらまだ分かるけど。あたしだよ？　あたしみたいな野暮ったい女の子をわざわざ妾にしようだなんてあるはずないよ」

リアナはきっぱりと言い切って話を終わらせようとする。だけど、ティナとソフィアは顔を見合わせて、やっぱり呆れた表情を浮かべる。

「リアナ、気付いてなかったんだね」

「……気付いていないって、なにが？」

「いまのリアナ、すっごく綺麗だよ？」

「うんうん、ソフィアもそう思う」

ミューレ学園の美少女代表達に褒められ、思わずジト目になる。

「二人に言われると、嫌味にしか聞こえないんだけど……」

「嫌味じゃないよ。と言うか、ライリー先生にも気に入られてるじゃない」

「あの先生は熱血なだけだと思うけど……」

「あはは、ホントに気付いてないんだね。後で、鏡を見ると良いよ。私の言ってること、分かると思うから」

リアナは理解できないと首を傾げるが、これに関してはティナの言い分が正しい。

リアナは村にいた頃から周囲の男の子にも好かれていた。ちやほやされても気取ることなく、誰にでも人当たりの良い性格が、周囲の男を惹きつけるのだ。

ただ、ここに来たときのリアナが、ソフィアやティナより劣っていたのも事実だ。けどそれは下地が問題なのではなく、髪や肌の艶、それに雰囲気や装いが原因。

学生寮にはまだ開発されたばかりのシャンプーやリンス、それに石鹸があり、シンプルながらも洗練されたデザインの洋服がある。

そんな学生寮で暮らすリアナは、急速にその秘められた魅力を開花させつつある。いまや、ティナやソフィアにも負けないくらいの可愛い、気さくな女の子となっていた。

もっとも——

「もぅ、二人ともそんな風にあたしをからかって。パトリックさんに絡まれるの、ホントに迷惑してるんだからね？」

ちょっとふくれっ面のリアナは可愛い——ではなく、まったく自覚がないようだ。それを指摘するかどうか、ティナ達は迷ったようだが、結局その機会は失われてしまった。

「そうですか、迷惑でしたか」

リアナの真後ろに、いつの間にかミリィが立っていたからだ。

―― 6 ――

「ミ、ミリィ先生!?　～～～っ」

学生寮の足湯。お湯を蹴立てて立ち上がったリアナは、テーブルに太ももをぶつけて涙目になった。けれど、泣くよりも弁解が先だと顔を上げる。

「い、いまのは違うんです！　迷惑と言ったのは、そのっ、えっと」

普段は優しいけれど、怒らせてはいけない先生筆頭とミリィを評価しているので、リアナは青い髪を振り乱すほどに必死に、さっきの愚痴は誤解なのだと弁解する。

「落ち着きなさい、別に貴方を咎めるつもりはありません。むしろ、安心しました」

「あ、安心……ですか？」

「ええ。彼はリオン様にとって邪魔な存在。貴方が籠絡されているようなら、それなりの対処をする必要がありましたから」

「……た、対処、ですか？」

それは一体、どういった対処なのか。

微笑みを浮かべるミリィに言いようのない恐怖を抱いて青くなる。

「大丈夫。貴方が非道なことをしなければ、なにも心配する必要はありませんよ」

「えっと、それは……いえ、はい」

言い換えれば、非道なことをすれば心配するような展開になると言うことだけど、その気がないのなら心配ないという言葉を受け入れることにした。

なぜなら、追及すると恐そうだったから——とは、口が裂けても言わないが。

「それで、大丈夫なのですか？」

「……え？」

「パトリックさんの件です。迷惑しているのでしょう？」

「あぁ……それは、その……はい。授業中とかも話しかけられるので」

リアナは決して優秀ではない。ただひたすらに努力を続ける普通の女の子だ。なので、パトリックに勉強の邪魔をされ、授業についていけなくなり始めている。

それを言外に伝えると、ミリィはそうでしたかと思案顔になった。

「……たしかに問題ですね。もうすぐテストもありますし」

「テスト……って、なんですか？」

「あぁ、まだ説明してませんでしたね」

ミリィは前置きを一つ。ミューレ学園では一年のあいだに何度かテストがあり、その成績に応じて、今後の教える内容を調整していくのだと教えられた。

「えっと……それって、農業の成績が悪いと……？」

「欠点を補うのではなく、長所を伸ばすのがいまの方針なので、他の成績の良い科目を伸ばすことになりますね」

「うぐっ」

それは困る、凄く困る。あたしは、農業の知識を身に付けて村を救うんだからと焦る。そして、農業以外の成績を意図的に落とせば……と、ちょっぴり悪いことを考えた。

「一応言っておきますが……」

「わ、分かってます。他の授業も重要ですよね！」

「ええ。それに、全体の成績によって、いつまで学校に通えるかも変わってきます」

「……え、それは、どういう？」

「ティナ達は去年の成績が優秀だったので、知識を深めるためにもう一年学校に通ってもらっているんです」

「あぁ……それで」

ティナ達は居残り組と呼ばれている。

それはつまり、去年で卒業した生徒達もいると言うこと。居残り組がここまで優秀なら、卒業した者達はどれだけ……と戦々恐々だったのだが、残っていた方が優秀ということ。

それなら納得だと思った。

そしてそれと同時、自分もティナ達と同じように成績優秀者となって、村を救うためにより多くの知識を学びたいと考える。

だが、それには、パトリックの存在が非常にネックだ。

「ミリィ先生、パトリックさんのこと、なんとかなりませんか……？」

「そう、ですね……なんとかしたいのはやまやまですが、彼を追い出すのは現状、難しいと言わざるを得ません。初日に、私が殴られていれば良かったんですが……」

「いや、それは……」

同意できるはずがなくて言葉を濁した。すると、ミリィがおもむろにぽんと手を打った。

「そうですね。授業中には話しかけないように伝えましょう。それに、貴方が望むのなら、今後一切話しかけないように伝えてもかまいません」

「それは……可能なんですか？」

「貴方はグランシェス家に雇われている使用人の扱いですからね。勉学――つまりは仕事に支障を来すのを理由にすれば、なんとかなると思います」

「そう、ですか……」

パトリックは確実に不機嫌になるだろうが、今後一切関わる必要がなくなるのなら問題と言うほどではない。なにより、勉学に集中できるのはありがたい。

だけど――

「申し出はありがたいんですが、その必要はありません」

リアナが被害を逃れたら、次はソフィアが被害者になると思って拒絶する。その思いが伝わったのかどうか、ミリィは微笑みを零した。

「……では、授業中は話しかけないようにと伝えて起きましょう」

「え、でも」

「大丈夫です。授業中の私語は、誰に対しても禁止いたしますから」

つまりは、ソフィアに被害は及ばないと言うこと。

「あ、ありがとうございます、ミリィ先生」

「お礼を言うのはこちらです。貴方のおかげで、学園が想定より混乱せずにすんで助かっています。お詫びと言ってはなんですが、貴方には遅れた分を補う個人授業をしましょう」

「えっ!?」

「……どうしました？　なにか問題がありますか？」

「い、いえ、その、ミリィ先生にそんな負担を掛ける訳にはいかないなぁ……と。あはは」

だから、決して二人っきりの授業が恐いとかではないんですと、心の中で言い訳を始める。

「それなら心配ありません。リオン様は今回の一件で、生徒になにか困ったことが発生したら、全力で対処するように言われていますから」

「そ、そうですか……」

「それと、残念ながらあたしは忙しいので、主に他の方に頼むことになると思います」

「あ、そうなんですね」

ホッと息を吐く。

「いま、少し安心しませんでしたか？」

「いいいいやいや、そんなことはありませんよ!?」

「あら、勉強に遅れそうになっている問題が解決しそうなのに、安心できないんですか？」

「えぇっ!? いや、えっと……いまのは、その……はうぅ」

ミリィを嫌っている訳じゃなく、むしろ憧れに近い感情を抱いている。

だけどそれと、苦手意識は別問題。そんなリアナの内心を察しているのかどうか、ミリィはイタズラっぽい顔で「冗談です」と笑った。

「とにかく、貴方には個人授業の場を設けます。パトリックさんの件、大変だとは思いますが、しばらくは我慢してください。どうか、お願いします」

深々と頭を下げるミリィを見て慌てる。

「ちょ、顔を上げてください。あたしは平気ですから」

「……分かりました。では、またなにかあれば遠慮なく先生に言ってください。必ず対処するとお約束しますから」

ミリィはそう告げると、踵を返して立ち去っていった。その後ろ姿が見えなくなるのを待って、リアナはへなへなと椅子の上に崩れ落ちた。

そうして、

「ふえぇ……あたし、みんなのために勉強をしたいだけなのになぁ……」

テーブルの上に倒れ込んだ。

翌日から個人授業は開始された。と言っても、補習は一日一時間程度。授業中にからまれることは格段に減ったが、いままでの遅れを取り戻すのは難しい。

いや、他に問題がなければ、あるいはなんとかなったかもしれない。けれど、忙しいと言っていたはずのミリィに始まり、アリスティア、ライリーは分かるのだが――

「あっああっあの、ど、どどっどうして、リオン様がここここに!?」

ある日の放課後。恒例となりつつある個人授業を受けるために学生寮の一室で待っていたら、まさかのリオンが現れたのだ。

お茶会ではおしゃべりもしたが、個室での二人っきりは予想外である。

「おいおい、慌てすぎだ。まずは深呼吸をして落ち着け」

「しししっ深呼吸、ですか?」

「そうそう。まずは吸って、吐いて……」

「すぅ……はぁ……」

「そうそう。吸って、吐いて、吸って……」

リオンの指示に従順に応え、深呼吸を繰り返していく。そうして両手を広げて大きく深呼吸を繰り返していると、少しずつ落ち着いてきたのだが――

「……リアナ。男と二人っきりで、あまり胸を強調するものじゃないぞ？　でなければ、誘惑されてると勘違いされても文句は言えないぞ？」

「ぶっ!?　こほっ、こほっ。リ、リリリ、リオン様!?」

思わず両腕で胸もとを隠して俯き、上目遣いでリオンの顔をうかがう。

「くくっ、冗談だ」

「ほ、ホントに冗談ですか?」

「ホントのホントに冗談だ」

「ホントのホントのホントに――」

「それだけ口が回るようになったら大丈夫だな」

疑いの眼差しにさらされながら、リオンは平然と笑い飛ばす。どうやら、リアナの緊張をほぐすための冗談だったらしい。それを理解し、ようやく落ち着きを取り戻した。

「……もぅ、心臓に悪いです」

「それは俺のセリフなんだがなぁ……」

「え?」

「リアナが無自覚な女の子だって話」

どういうことだろうと首を傾げるが応えてくれない。そうして、授業を始めるぞと、テーブルの上にミニサイズの黒板を置いた。

「さて、今日は分からないところを補っていくつもりだけど、リアナはなにが分からない?」

「……えっと、リオン様は、なんの科目を教えてくださるんですか?」

それが分からなければ、分からない部分も答えられない。そう思っての質問だったのだけれど、リオンは「そういえば言ってなかったな。俺はどの科目でも大丈夫だ」と言ってのけた。

「どの科目でも……ですか?」

「この国の文字は子供の頃に覚えたし、他の教師にあれこれ教えたのは、ほとんどが俺とアリスだ。俺が苦手なのは歴史とか地理とか、かな」

「はぁ……」

いまの言い回しだと、文字は子供の頃に覚え、そのほかの科目、歴史や地理以外は初めから知っていたかのようだ。一体どういうことなんだろうと首を傾げる。

「それで、リアナはなにが苦手なんだ？」

「えっと……そうですね。あたしはが苦手なのは歴史……ですね」

「リアナ、お前……」

なにやら呆れた目で見られる。どうしてそんな目で見られているんだろうと考え、リオンも歴史が苦手だと言っていたのを思いだした。

「ち、違いますよ!? 他意はなくて、単純にあたしも歴史とかを覚えるのが苦手なんです！」

「ふむ……他の暗記は大丈夫なのか？」

「えっと、大丈夫かって聞かれると不安になりますけど……農業は村であれこれ調べてましたし、文字も言葉をそのまま文字にするだけですから」

「あぁ……そういうことか」

なにがそういう訳なのか、リオンは一人で納得している。

「あの、リオン様？」

「暗記は、基本的になにかと関連付けるんだ。リアナが歴史以外の暗記を出来てるのは、無意識で関連付けが出来てるから、だろうな」

「……関連付け、ですか？」

「うん。そうだな……リアナに兄弟はいるか？」

「えっと、妹がいます」

どうしてそんなことを聞くのか疑問に思いながらも即答する。それに対して、リオンはなにやら感心するような表情を浮かべた。

「へぇ……リアナは、疑問を後回しにして答えるタイプなんだな」

「え、ダメ……でしたか？」

「いいや、ダメじゃないよ。続きを聞けば分かるかもしれないことで話の腰を折るのは、時間の無駄だからな。……なんて、相手にもよるけどな」

「はぁ……」

良く分からないけど、それも話の続きを聞けば分かるのだろう。そう思ってリオンの言葉を待つ。それに対し、リオンは本当に満足そうな表情を浮かべた。

「リアナの妹は、どんな女の子なんだ？」

「そう、ですね……身体が弱くて少し儚げなんですけど、凄く優しくて可愛い妹です」

「なるほど。実はグランシェス伯爵領の西に、スフィール伯爵領があるんだ。その領主がエリック。最近当主になったんだけど、リアナより一つ年上なんだ」

「あたしの一つ年上……」

自分とほとんど年が変わらないのに、当主だなんて凄いと思う。だけどすぐに、リオンは年下であることを思い出した。

「でもって、エリックには妹がいるんだ。天使のように可愛くて、人見知りで儚い雰囲気の、護ってあげたくなるような女の子なんだ。リアナの妹と似てると思わないか？」

「そうですね。貴族令嬢と比べるのはおこがましいかもしれませんが、似てると思いました」

「だろ。でもって、そう考えたら、覚えていられそうな気がしないか？」

「……あ」

なるほど――と思った。

自分達がいる街の西にあるスフィール伯爵領。

そこの領主が自分より一つ年上。そして、自分と同じように可愛い妹がいる。

――と、いま反芻した内容は忘れにくいだろう。

「いまのが、関連付けて覚えるってことなんですね」

「そういうことだ。ちなみに、この方法、一時的になにかを覚えるときにも有効なんだ」

「一時的……ですか？」

「そうそう。たとえば……ちょっと動かないでくれよ」

リオンが立ち上がり、背後へと回り込んだ。動くなと言われたので、律儀に動きを止めるが、真後ろにリオンが立っているのを気配で感じて少し緊張する。「あの、リオン様？」

「ちょっと髪に触るぞ」

「え、はい……って、えっ⁉」

反射的に返事をしてから、どういうことなのかなと慌てる。そうして動揺しているあいだに、リオンが髪に触れた。

ちなみに、リアナの青みがかった髪は、ショートヘアがベースで、左右の一房がロングというちょっと変わった髪型になっている。その長い房を、リオンがそっと掴んだ。

後頭部の方から、リオンの吐息が聞こえてくる。

ドキドキしてしまうのは、密室で同じ年頃の男の子と二人っきりだから……ではなく、貴族と二人っきりだからだろう。

「あの……リオン様？」

「あぁ、悪かった。これで終わりだ」

なにをされたんだろうと、長い房を前に持ってくると、毛先にリボンが結びつけてあった。

「えっと……これは？」

「実は最初に見たときに、リボンが似合いそうだなと思って、用意していたんだ」

「ふえぇっ⁉」
ダ、ダメですよ！　リオン様にはアリス先生がいるじゃないですか！　というか、クレアリディル様とも噂があるし、ミリィ先生とも仲が良いし……やっぱり女ったらし、女ったらしなんですね！　あたしは愛人になんてなりませんからね⁉
——なんて感じでパニックになる。

「なんて、冗談だけどな」

「……はい？」

「いや、さっきたまたまサンプルのリボンをもらってな。リアナに似合うと思ったのは本当だけど、用意してたというのは冗談だ」

「あ、う……」

「すまんすまん。そのリボンは上げるから許してくれ。ほら、もう片方のリボンだ」

リアナが怒ったと思ったのだろう。お詫びとばかりにリボンを差し出してくる。けれど、リアナは怒っている訳ではなく、似合うと言われて赤くなっただけである。

村ではわりとモテていたリアナだが、好きな子にちょっかいを掛けるタイプの子供に好かれていて、ストレートな褒め言葉には弱かったりする。

「話を戻すけど、関連付けて覚える話な。その話と、そのリボンを関連付けておくと良いよ」

「えっと……？」

「帰って、寝る前かなにかに、そのリボンに気付いて外すだろ？　そのとき、どうしてリボンを付けていたんだっけ？　って思考から、さっきの話を思い出すって訳だ」

「……あ」

リアナはその有効性にすぐに気がついた。

たとえば、扉の前に椅子を置いておく。たったそれだけで、部屋を出るときに、なぜそんなことをしたのか疑問に思い、そのときに関連付けたことを思い出す。

つまりは、即席のメモ代わりになる。

「……ありがとうございます、リオン様。今日から色々と実践して覚えていきます」

どうしようもない女ったらしだが、真面目に勉強を教えてくれている。信用できない部分もたくさんあるけど、導き手としては信用できる。

そんな風に感じ、リオンの授業を真面目に聞こうと意識を入れ替えた。

そうして始まった授業は非常に分かりやすかった。なにより、関連付けて覚えるような、様々な勉強方法を教えてもらうことが出来た。


この日より、無知で無力だった村娘は著しい成長を始め、賢者と呼ばれるにいたる片鱗を見せるようにとなっていく。

そんな少女の長い髪の房には、いつの間にかリボンが結ばれるようになったのだが……その理由を知る者は誰もいない。

― 7 ―

「どうしたんだ、リアナ。最近急に物覚えが良くなってきたな」

ある日の個人授業。

小テストの結果を見たライリーが偉い偉いと肩を撫でてくる。

「ライリー先生、恥ずかしいですよ～」

「おぉ、すまんすまん。だが、本当に良く覚えているぞ」

豪快に笑うライリーは父と同じくらいの歳。

なので、最近はもう一人の父親のように慕っていた。そんなこともあって、褒めてくれるライリーに「ありがとうございます」ととびっきりの笑顔を向ける。

「リアナが頑張ってくれて俺も嬉しいぞ。……しかし、あれだけ授業中に邪魔をされて、良くこれだけ覚えることが出来るな」

「えへへ～、実はリオン様にコツを教えてもらったんです！」

「……リオン様に？」

「そうなんです。リオン様、凄いんですよ！」

満面の笑みを浮かべ、リオンから教えてもらったコツなんかを語って聞かせた。

「……なるほど」

話を聞き終えたライリーが思案顔になる。

「ライリー先生？」

「あぁ、いや。そういう覚え方があるのかと感心してな。ともあれ、これだけしっかりと覚えることが出来ていたら、成績優秀者に選ばれるのも夢じゃなさそうだな」

「はい、実は狙ってるんですっ」

成績優秀者とは、各科目すべてで優秀な成績を収めた生徒に送られる称号。その称号を手に入れられなかった者は一年目で卒業して、各村を回って学んだ知識を伝えていく。

称号を持つ者だけが二年目に突入、より高度な知識を学ぶことが可能なのだ。

「そうかそうか。リアナは成績優秀者になりたいのか」

「はい。より多くの知識を学んで、レジック村を豊かにしたいんです。それに、あたしに機会をくれた、リオン様にも恩返しをしたいですっ」

「なら、なにがなんでも成績優秀者にならなくてはな。今のままでは少し厳しいが、必死になればなんとかなるだろう。先生も応援してやるから死ぬ気で頑張れ！」

「はい、死ぬ気で頑張ります！」

熱血なライリーに対して元気よく答える。

リアナはあらたな目標。成績優秀者となって更なる知識を手に入れ、妹や両親、村のみんなのためだけでなく、恩人であるリオンのためにも頑張ると気合いを入れた。

その後のリアナの学園生活は順調だった。

もちろん、パトリックがいなくなった訳でも、嫌がらせがなくなった訳でもない。けど、先生達の監視の目もあり、授業中に堂々と話しかけられることはなくなった。

更に、最初は怯えていたソフィアも、学校以外では以前と同じように甘えてくるようになったし、お勉強会もしてくれるようにもなった。

そんな訳で、リアナは落ち込んでいた成績を急速に取り戻しつつあった。


——そんなある日。リアナ達はミューレの街の外れにある農業地帯へと足を運んでいた。

いわゆる課外授業。農地で実際に土いじりをしながら、農業の様々な知識を学ぶ、リアナが一番力を入れている、ミリィ先生の授業でもあった。

「さて、今日は土壌の酸性度(pH)の調整を実際におこなっていきましょう」

いまはまだなにも植えられていない畑の前で、生徒達に向かって説明を始める。

「前回の授業で土壌には酸性度が存在すると説明しましたね」

前回の授業内容を思い出して頷く。

土には酸性度——酸性、中性、アルカリ性があって、小麦を初めとした作物の多くが中性くらいを好むが、この地域の土壌はほとんどが酸性に傾いているという事実。

作物の育ちを良くするには土壌を中性に近づける必要がある——と言うことを習った。

ちなみに、数字が小さいほど酸性度が高くて、7で中性。それ以上になるとアルカリ性になるらしいのだが……細かい数値を図る方法はないらしい。

測る方法のない存在をどうやって数値化したのかは謎。ミリィにはそういうものだと思って覚えてくださいと言われてしまった。

とはいえ、まったく測る方法がない訳ではない。

なんでも、ほうれん草と呼ばれる野菜が、特に酸性に弱いらしい。なので、畑の一部を使ってほうれん草を育てて、その育ち具合で酸性度を測るようにと教えられた。

そもそも数値が測れないのに、なぜ酸性に弱いと分かったのか……以下略。この学園でその手の話は日常茶飯事で、学園の畑という結果も見せられている。

なので、そういう物だとして覚え込んだ。

——そんな訳で、目の前の畑はわりと酸性に傾いているらしい。そして、そんな土壌を改善する方法を、ミリィが説明していく。

「酸性の土壌を中性に近づけるのは、アルカリ性の物を土に混ぜるのが望ましいです。そして、土に混ぜるアルカリ性の物ですが……これらを用意しました」

ミリィが足下に置かれていた二つのツボを指し示す。前に進んでそれぞれのツボを覗き込むと、灰色と白色の、砂のような物が詰まっていた。

「草木を燃やして出来た灰と、貝殻を焼いて砕いた物です。ちなみに、草木を燃やした灰は酸性の土壌を改善するだけではなく、肥料としての効果も高いです」

それを聞いて感心する。

以前に学んだ肥料というのは、牛や鳥の糞を発酵させた物や、落ち葉を発酵させた腐葉土などなど、効果は高くとも入手が大変な者ばかりだったからだ。

けれど草木を燃やした灰であれば、料理や暖を取るときに燃やした薪の灰がある。これはきっと、自分達の村でも使える方法だと記憶。その記憶を後で思い返せるように、リオンに貰った髪に付けるリボンを、いつもとは違う位置に結び直した。

「さて、それでは皆さん、実際にこれらを畑に撒いてください」

「ミリィ先生、どれくらいの量を撒けば良いんですか？」

手を上げて尋ねる。

「そうですね……実はまだ、最適な量がどのくらいかは分かっていません。なので今回はこの区画ごとに分かれている小さな畑に、端から順に量を増やしていきましょう」

つまりは、収穫期に一番豊作な畑に撒いた量が適切ということ。

そして、前回のほうれん草の育ち具合と照らし合わせ、適切な量を経験で分かるようにならなくてはいけないと言うことでもある。

リアナはこのあいだ見せられた、ほうれん草の育ち具合を思い返した。

それからミリィに灰をもらい、割り当てられた部分全体にまんべんなく撒いていく。そうして作業を進めていると、不意に肩を叩かれた。

振り返ると、すぐ側にパトリックがいた。

「……なんの用ですか？」

「うむ、リアナ、お前に少し真面目な話があってな」

本音を言えば、授業の邪魔をしないで欲しい。けれど、今日はいつもの授業と違って課外授業で、ちらほらおしゃべりをしながら作業している生徒もいる。

授業中なので話しかけないでくださいというのはさすがに角が立つ——と言うか、逆に面倒なことになるだろうと思って飲み込んだ。

「真面目な話……って、なんですか？」

「なぜそのようなリボンをつけているんだ？」

「……はい？」

真面目な話とはなんだとのか、この時点で意味が分からない。聞くんじゃなかったと後悔するが、他に選択肢がなかったのも事実。

畑に灰を撒きながら、パトリックの話を聞き流すことにした。

「いやなに、リアナにならそんなリボンよりも似合うアクセサリーがあると思ってな」

「……あたしの勝手だと思うんですけど」

リオンからもらった試作品のリボン。しかも、パトリックのせいで落ち込んでいた成績を取り戻す切っ掛けとなった思い出の品。

それを『そんなリボン』呼ばわりされて、リアナは眉をひそめた。

「ふむ。では、まずはロードウェル子爵領について話そう」

「……はい？」

「ロードウェル子爵領には鉱山があるのだ」

「……はあ。鉱山、ですか？」

「うむ。青銅器を作るのに重要な鉱石が取れるのだ」

「……もしかして、錫《スズ》のことですか？」

「あーそんな名前だったな、たしか」

実家の領地のことなのに、どうしてあやふやなのよと内心で突っ込みつつ、どうりで大きな顔をしているはずだと納得した。

リオンが鉄器の開発をおこなっているが、この世界は青銅器が主流となっている。そして青銅に必要なのは銅と錫。銅の鉱山は多くあるのだが、錫の鉱山は少ない。

つまりは、青銅器を必要としている周辺の者達は、ロードウェル子爵家の顔色をうかがう必要がある。だから、その息子も増長しているのだと思い至ったのだ。

「それで、鉱山を持っているのがなんなんですか？」

「分からぬのか？　ロードウェル子爵領は鉱山がある。だから、こんなつまらぬことをせずとも、収入は安定しているということだ」

「……あぁ、そうでしょうね」

壺の中の灰をぎゅっと握りしめた。

パトリックが自慢しているのは、領主としての収入が安定して多いということ。別にそれは良い。勝手に、好きなだけ自慢すればいい。

だけど、いまパトリックがつまらぬと表現したこれは、リアナ達農民を救ってくれる、とてもとても大切な技術。それを、まるで価値がないことのように言い捨てる。

リアナの中で、パトリックの評価が最低ランクにまで落ち込んだ。

「ロードウェル子爵領ならば、このようなつまらん知識を学ぶ必要はない。どうだ、リアナ。俺のものになって、子爵領に来るつもりはないか？」

「……貴方は、なにを言っているんですか？」

意味が分からない。いや、分かりたくなかったのだろう。もしそれを理解してしまえば、決してパトリックを許せないと感じたから。

だから、理解できないという顔をした。けど、パトリックは断られるなんて夢にも思っていないのだろう。得意げな口調で続ける。

「難しい話ではない。お前がリオンにどんなことを強要されたか証言して欲しいのだ」

「……前にも言いましたけど、リオン様はそんなこと一度だってしてません」

「お前自身がされていなくても、他に強要された者がいるのではないか？　もしくはされそうになったという話でもいい。とにかく、ミューレ学園に通うお前の証言が重要なのだ」

「ですから……」

「――ああ、そうだったな。後の生活を心配する必要はない。あの愚かな男が不利になることを証言してくれれば、俺の愛人として一生遊んで暮らせるようにしてやる」

「……ふざ、……いで」

リアナの手に締め上げられた灰が悲鳴を上げる。ずっと怒りを抑えようと必死に我慢していたが、もはや限界だった。

リアナは手の中にあった灰を、パトリックに投げつけた。

「……貴様、どういうつもりだ？」

「どういうつもり？　それはこっちのセリフよ！」

二人のやりとりに気付いた周囲がにわかに騒がしくなる。だけど、リアナは周囲の雑音にかまわず、パトリックを睨みつけた。

リオンを不利な立場に追いやるということは、リオンに村のみんなを危険にさらすということ。それを当然のように提案してくる。

そんな男を許せるはずがなかった。

「何度も言ってるでしょ。リオン様はただの平民にも手を差し伸べてくださった、優しい領主様なの。貴方みたいなのが馬鹿にして良い人じゃないんだからっ！」

「貴様……人が下手に出ればつけあがりやがって！　ふざけるなっ！」

パンッ——と、乾いた音が響き、リアナの頬に衝撃が走った。その強い衝撃に吹き飛ばされそうになったが——足を踏ん張って止まり、パトリックを睨みつけた
「なによ、口では勝てないからって暴力？　しかも下手に出ていた、ですって？　ふざけない

で！　同じ貴族でもリオン様とは全然違う。貴方なんて最低よ！」

「俺が最低、だと？　貴様……どうやら死にたいらしいな。良いだろう、望み通りに、焼き殺してやろう」

怒り心頭のパトリックが、なにやらブツブツと呟き始める。それが黒魔術であると知り得ないリアナは大ピンチだったのだが――

「二人とも落ち着け！　一体なにがあった!?」

人影が飛び込んでくる。リアナを背後に庇うように現れたのはリオンだった。

「……リオン様、どうしてここに？」

「その話は後だ。一体なにがあった」

パトリックの動向に注目したまま問いかけてくる。

「どうしたもこうしたもあるか！　その小娘が、俺に暴挙を働いたのだ！」

答えたのは、激昂したパトリックだった。

「……リアナが？　パトリックはこう言っているけど、リアナの言い分は……」

リアナを見たリオンがなぜか沈黙した。だけど、怒り狂ったリアナはそれに気付かない。

「リオン様の不利になるような証言を捏造しろ。そうしたら、一生遊んで暮らせるようにしてやるって言われたんです！」

「――なっ。勝手なことを言うな。俺はただ、リオンの悪事を教えろと言っただけだ！」

「でも、なにもないって言ってるのに、不利になる証言をしろって言いました！　自分がさっき口にしたことも覚えてないなんて、馬鹿なんじゃないですか⁉」

「なっ！　き、貴様ぁ……貴族である俺様に、そのような口の利き方……許さんぞ！」

「――黙れ」

リアナとパトリックのあいだを、底冷えするような声が切り裂いた。その声がリオンの口から発せられたのだと気付いて息を呑む。

まさか、あの優しいリオン様から、こんなに恐い声を聞くなんて――と驚いていると、リオンがリアナの顔を覗き込んできた。

「リ、リオン様、あたし……」

リオンを怒らせてしまったのだと思い、びくりと身を震わせた。そんなリアナに対して、リオンは少しだけ表情を和らげる。

「脅かしてごめん、リアナには怒ってないからそんな顔をしなくて平気だ。それよりその頬、パトリックに叩かれたんだな」

「あ、そういえば――いっ、～～～っ」

叩かれた頬に触れると鈍い痛みが走った。

「あの、これは……ごめんなさい。騒ぎを起こしてしまって」

「……いや、謝るのは俺の方だ。俺が間違ってた」

「えっと……？」

どうしてリオンが謝るのか理解が出来なくて首を傾げる。

「俺は……編入を許可するのが正しいと思ってた。パトリックの要求を適度に呑んで、余計なことを言わせない。それがみんなを幸せにするための近道だと思ったんだ。だけど……」

リオンの手が、そうっとリアナの顔に触れた。

「……リアナは、いま苦しんでいるんだよな。恐い思いをさせてごめん。だけど……もう大丈夫だから。俺が、リアナ達を護るから」

リオンはゆっくりと立ち上がり「アリス」と呼びかける。その瞬間、リアナの側で「どっち？」という声が聞こえた。驚いて振り向くと、いつの間にかアリスティアが隣にいた。

「リアナの頬を見てやってくれ。俺はこっちを片付ける」

「……うん、分かった。やりすぎないようにね」

アリスティアはリオンを送り出し、リアナの顔を覗き込んできた。

「リアナ、頬は大丈夫……じゃないね。歯が折れたりは……してなさそうだけど、凄く腫れてるみたい。今すぐ冷やさないと」

冷やす。そうなると、井戸水かなと近くの井戸を思い浮かべる。だけどアリスティアはポケットからハンカチを取り出し、おもむろに視線を向けた。

たったそれだけでハンカチが水に濡れる。

「……え、アリス先生、いまのは……？」

「精霊魔術だよ。それより、これで頬を冷やして」

「あ、ありがとうございま——冷たっ!?」

まるで真冬の水に浸した布のように冷たい。それに驚きつつもハンカチを受け取って、腫れた頬に押し当てた。最初は冷たさに驚くが、腫れた頬には心地良かった。

「それじゃ医務室に連れていってあげる。ハンカチ程度じゃすぐに温くなっちゃうし、氷嚢を用意しないとね」

アリスティアに空いている腕を掴まれる。どうやら医務室まで引っ張って言ってくれるつもりのようだが、リアナはそのエスコートに軽く抵抗を示した。

「待ってください。あたしより、リオン様が……」

「リオンなら平気だよ。ほら、見て」

言われて視線を向けると、パトリックと言い争いをしていたリオンが、パンッと平手で顔を張り飛ばすところだった。

「二度とミューレ学園……いや、グランシェス伯爵領に立ち入るな！」

「き、貴様、俺を殴ったなっ⁉」

「お前もリアナを殴っただろ。自分がされて嫌なことを、他人にしてるんじゃねぇ！」

「抜かせっ！　そこまで言うからには、貴様も覚悟は出来ているんだろうな！」

怒り狂ったパトリックが、詠唱を開始する。その直後、彼の足下に魔法陣が発生。更に十数秒ほど過ぎ、彼の背後に火球が出現した。

「あれは……まさか黒魔術⁉　アリス先生、お願いですっ、リオン様を助けて下さいっ！」

あんな火球をぶつけられたら大火傷を負ってしまう。だけど、精霊魔術を使えるアリスティアならなんとか出来るかもしれない。そんな風に思って縋り付く。

——だけど、

「大丈夫だよ」

アリスティアの美しい唇からこぼれ落ちたのはシンプルな言葉。

いま目の前で、リオンが炎に焼かれようとしているというのになにが大丈夫なのか。アリスティアがなにもしてくれないのなら、せめて自分が身代わりになろうとする。

だけど、その手を掴まれてつんのめった。

「大丈夫だって。裕弥兄さん——じゃなかった。リオンは私ことをアリスチートだのなんだの言うけど、自分だって十分に転生チートって言われてもおかしくないスペックなんだから」

意味は理解できなかった。

けれど——理解する必要もなかった。アリスティアの言葉の直後、パトリックの放った火球が、リオンに届く前に消滅したからだ
「火球が……消えた？」

「無詠唱の精霊魔術で消し飛ばしたんだよ。私とのエンゲージで精霊魔術の腕を急速に伸ばして、科学の知識で思うままに現象を引き起こすことが出来る。リオンがその辺りの魔術師に負けるなんてありえないよ」

それがどういう意味なのか理解することは出来なかった。そして、理解する必要すらなかった。リオンが右腕を振るう。たったそれだけで、数え切れないほどの火球が出現したからだ。

「馬鹿なっ、なんだその数は⁉　そんな数を制御できるはずがない！」

「安心しろ。この倍くらいまでなら制御できるから」

その言葉を証明するかのように、火球のうちの一つだけが飛来し、パトリックの足下の畑に着弾。凄まじい爆風と共に、周囲の土を抉り取った。

「ま、まままっ、待て、話し合おう！」

「……話し合う？」

「そ、そうだ。俺の領地には鉱山がある。ソフィアやリアナと引き換えに、利権の一部をやる。それでどうだっ⁉」

「……もう、黙れよ」

リオンが右腕をゆっくりと振るう。それに従い、すべての火球が飛来し、パトリックの周辺に着弾して畑をクレーターに変えた。

直撃は一つもなかったのだが……恐怖に耐えきれなかったのだろう。パトリックは情けない悲鳴を上げて倒れ込んだ。どうやら意識を失ってしまったらしい。

「あちゃあ……やりすぎないように言ったのに。リアナに手を上げたこと、よっぽど腹に据えかねてたんだね」

呆れた声を上げ「面倒に巻き込まれる前に医務室に行こう」と手を引っ張ってきた。

「え、あの、アリス先生？」

「良いから良いから、説明はあとあと」

良く分からないけれど、当面の問題は解決したように見える。頬が痛いのも事実だしと、アリスティアに手を引かれて歩き始めたのだが――

「……リオン、ちょっと良いかしら？」

静かな、だけど底冷えのする呟きが届いた。

それは、リアナにも覚えのある、静かな怒りを秘めたミリィの声。リオンの背後に、天使のような微笑みを浮かべたミリィが立っていた。

リオンがギクリと身をすくめる。

「ななな、なにを怒っていらっしゃるんでしょうか？」

「……分からないんですか？　この惨状を見ても……分からないんですか？」

ミリィが指し示すのは、あちこちボコボコになった畑。ミリィがなにを怒っているのか、リオンだけではなく、この場にいるすべての者が理解した。

「あの、アリス先生」

「……うん？」

「あたし、頬が痛くなってきた気がするので、医務室に行きたいです」

「そうだね」

クスクスと笑って歩き出すアリスに手を引かれ、地獄と化しそうな現場から離脱していく。

背後から謝り倒すレオンの声が聞こえてくるが――

『ごめんなさい、リオン様。身代わりになって火球に焼かれてもかまわないって思ったけど、ミリィ先生に怒られるのだけは無理です』

リアナは心の中で謝罪して、聞こえないフリをした。

なお、パトリックはその場で退学処分となった。

理由は生徒として逸脱した暴力行為など、様々な問題を起こしたのが原因。これで横暴貴族に怯えなくて済むと生徒達は喜び合ったのだが――

治療を受けていたリアナは、処分について話があると理事長室に呼び出された。

成績優秀者を目指す無力な女の子　1

ミューレ学園の理事長室。ふわっふわのソファに飲み込まれそうになりながら、リアナは必死に背筋を伸ばして、正面から浴びせられる視線を受け止めていた。

エメラルドのように美しい瞳を三角形にしているのは、ウェーブの掛かった銀髪の少女。リオンの姉であるクレアリディルである。

どうやら、彼女がこの学園の管理者――理事長の座についているらしい。

リオンに対しては、甘々な態度を見せていたクレアリディルだが、いまは無言でリアナを見つめている。その空気に耐えかねて、リアナは「申し訳ありませんでした」と謝った。

「そうね、思いっきりやらかしてくれたわね」

許してあげるわ――なんて言われることを期待していた訳ではないのだけれど、思いっきり罪を肯定されてしまってへこむ。

そこに追い打ちを掛けるように「本当にやらかしたわね」と繰り返した。

「すみません。どんな罰でも受けますから、どうか退学だけは許してください」

自分のおこないを心から反省している。

たとえ相手が横暴だったとしても関係ない。ただの平民が貴族に対して暴言を吐くばかりか、

灰まで投げつけたのだ。

どんな罰を受けても文句は言えない――と、冷静になったいまは理解している。

だけど、妹を幸せにするためには、レジック村を豊かにする必要がある。自分が学校に通えなくなってしまったら、村に様々な知識を届ける者が居なくなってしまう。

だから、パトリックと同じ退学処分だけは許して欲しいと頭を下げた。

「……リアナ。貴方は自分がなにをしたのか分かっていないようね。貴方のおこないは、自分だけじゃないわ。グランシェス家を危険にさらしているのよ」

「グ、グランシェス家を、ですか？」

そんなことは予想もしていなくて、アメジストの瞳を揺らした。

「やっぱり理解していないようね。……まず、うちが当主不在なのは知っているわね？」

「……はい。詳しくは知りませんが、当主様とその跡継ぎであるご長男が何者かに殺され、いまはリオン様とクレアリディル様が代理で管理している、と」

「その通りよ。詳しい説明は省くけど、父や兄が殺されたのは権力争いが原因なの」

「それって……貴族同士のって、ことですか？」

「そういうことになるわね」

驚きだった。レジック村でも病や事故で人が死ぬことはあったけれど、争いによる殺人事件なんて、リアナが生まれてから一度も起きたことがない。

権力を争って人が争って殺し合うなんて、想像すら及ばない世界だった。

「もしかして、ロードウェル子爵家が……？」

「いいえ、そうじゃないわ。ただ……当主代理の地位に転がり込んだ弟くんを疑う声もあるし、なによりうちは当主不在で、利権やらなにやらが無防備な状態だと思われている。よその貴族につけいらせる訳には行かないのよ」

「今回の一件が、よその貴族につけいらせる切っ掛けになると言うことですか？」

「そういうことになるわね」

「そんな……」

自分のおこないが、リオンに迷惑を掛けている。そんな風に理解して、目の前が真っ暗になるような錯覚を覚えた。

「で、でも、パトリックさんは、学生として逸脱した行為をおこなったから、退学処分になったんですよね？」

「……そうね。でも、彼が逸脱した行為に走った原因はなにかしら？」

「パトリックさんの性格の問題……じゃないですか？」

「――いいえ、違うわ。原因は、貴方と口論になったから、よ」

「それは……えっと、はい」

否定をすることは出来なかった。

「そもそも貴方は平民で、相手は貴族。しかも口論をしたのは紛れもない事実で、先に貴方が灰を投げつけたのよね？」

「……その通りです」

やはり否定することは出来なかった。平民の身でありながら、貴族に対して暴挙をおこなったという自覚があるからだ。

「……もちろん、そもそもの原因が彼にあるのは分かっているわよ。でも、パトリックだけを退学にして、貴方にはお咎めなしとするのがどれだけ問題を生むか……分かるわね？」

「……はい」

もはや頷くことしか出来なかった。リオンが現れなければ、無礼討ちにされていても文句は言えなかった。なのにリアナは救われ、パトリックは退学になった。

貴族社会において異常な結果であることは明らかだ。

せめて退学だけは――と願っていたが、コトは退学どころの話ではないかもしれない。そんな風に理解して、きゅっと唇を噛んだ。

「あたしが罰を受ければ、リオン様に迷惑を掛けずに済むんですか？」

「そこまで上手くはいかないでしょうね。だけど、貴方にパトリックよりも重い罰を与えれば、少なくとも彼を退学にしたことに対して言い訳が立つわ」

「あたしは……どうなるんですか？」

「――貴方の命を差し出してもらうわ」

息を呑んだ。

もちろん、退学よりも重い罪という時点である程度の予想はしていた。運が悪ければ死罪、もしくは奴隷として鉱山送り。数年以内には使い潰されるだろう——と。

そして、リアナに拒否権はない。ここに連れてこられたのだって、奴隷同然だと思っていた。

実際にはそうじゃなかったけれど、立場的には変わらない。

だけど、それでも……

「ゆる、して……許してください」

テーブルに額を付けるほどに頭を下げた。

「……弟くんには命を差し出せないと、そういうこと？」

そうですとも、違いますとも答えられなかった。

その代わり、頭を下げたまま、自分の胸の内を打ち明ける。

「あたしは……無知で無力な村娘です。だから、妹やお父さんお母さん、村のみんなを幸せに出来るのなら、自分はどうなっても良いって、そう思っていました」

だからここに来た。

だけど——

「ミューレ学園に来て気付いたんです。無知で無力な村娘でも、ここで学べば変われる。なんの力もなかったあたしでも、妹やみんなを救うことが出来るんだって」

無知で無力な村娘に、誰かを救うことは出来ない。だからせめて、自分の身を犠牲にして、妹たちを救ってくれる人に願いを託そうと思ってここに来た。

だけど、ミューレ学園で学べば、様々な知識を身に付けることが出来る。無知で無力な村娘でしかなかった自分でも、妹が暮らすレジック村を救うような存在になれる。

それを知ってしまったから——

「だから、あたしは死にたくない。みんなのために頑張れる自分に代わりたいんです。だから、どうか、許してください！　あたしをこれからも学園に通わせてください！」

必死にクレアリディルの許しを請う。

そうして一分、二分と、クレアリディルが許してくれるのを待ち続ける。

どれほどそうしていただろう。

ようやく、クレアリディルが「頭を上げなさい」と呟いた、その言葉に従い、おずおずと頭を上げる。そうして正面を見ると、澄んだ深い瞳がリアナをじっと見つめていた。

「最初に言っておくけど、ミューレ学園に通う生徒が貴方である必要はない。だけど、処分を受ける生徒は貴方でなくてはいけない。それは分かっているわね？」

「……はい」

「貴方を罰しないと言うことは、最低限の体裁も取り繕わない。ロードウェル子爵家に対して、喧嘩を売るにも等しい行為だわ」

「……分かっているつもりです」

「ふぅん。分かっていてそんなことを言うなんてね。貴方は自分に、それだけの価値があると思っているのかしら？」

「それは……」

ミューレ学園で学び初めてまだ数週間。

リアナの首をパトリックに差し出して、あらたな生徒に勉強を教える。それがもっとも効率の良いやり方であることは想像に難くない。

ここで説得できなければ処罰されてしまうだろう。

だから——

「いまのあたしに価値はないと思います。だけど、もしこれからもミューレ学園に通うことを許してくれるのなら、文字通り命を賭けて努力します。『あのときリアナを殺さなくて良かった』と、そう思っていただけるだけの結果を出して見せます！」

「……ただの平民である貴方が、それだけの結果を出すというの？」

クレアリディルの碧眼が、リアナを射貫いた。心の中まで見透かされているような錯覚を抱き、ゴクリと生唾を飲み込む。

だけど、ここで目をそらしたら負けだと、まっすぐにその視線を受け止める。

「ただの平民にも可能性はある。あたしは、ミューレ学園でそれを学びました！」

レジック村で結果を得られなかったのは、結果を出す方法を知らなかったから。ミューレ学園で学んで、それを理解した。

ミューレ学園で学び続ければ、自分の手で村を救うことだって出来ると信じている。

そして、それ以上のことだって、きっと……

「だから、お願いします。あたしにどうか、もう一度だけ機会を与えてください！」

今度は頭を下げるのではなく、挑むように見つめる。そうして、自分の意志が本物であることをクレアリディルに示した。

クレアリディルの翡翠の瞳と、リアナの紫水晶の瞳が交差する。

十秒、二十秒と沈黙が続き、ほどなく――

「……はぁ。仕方ないわね」

クレアリディルはなぜか笑って、ウェーブの掛かった銀髪を指で掻き上げた。その瞬間、理事長室に張り詰めていた空気が霧散してしまう。

「あの、クレアリディル様？」

「クレアお姉ちゃんで良いわよ、リアナ」

「……はい？」

いきなりすぎて意味が分からない。そもそも聞いた話だと、クレアリディルの方が一つ年下。あたしの方がお姉ちゃんですが――なんて言えるはずもなくて困惑した。

「ふふっ、冗談よ。……今のところは、ね。ひとまずはクレアで良いわ」

「いえ、あの、そんなことより」

「そんなことじゃないわ、重要なことよ」

「ええっと……では、その、クレア様。あたしの処遇はどうなるんですか？」

態度が軟化したことを考えれば、最悪の事態は免れたはずだ。けれど、クレアリディルの口から聞かなければ安心できないと視線で訴えかける。

「貴方は横暴な貴族に絡まれた被害者。だから、貴方にお咎めはないわ」

「……それは、良いんですか？」

「言いもなにも、貴方がお願いしてきたのでしょう？」

「それは……そうなんですけど」

一時は命を差し出せとまで言われたのだ。それが一転して、お咎めなしと言われても、すぐには安心できない。

「ホントのことを言うと、弟くんからの指示なのよ」

「弟くんというと……リオン様、ですよね？」

「ええ。あたしの可愛い可愛い弟くんが、貴族の勝手な都合で、平民である貴方を切り捨ててはならない、ってね」

「リオン様がそんなことを」

やっぱり優しいんだなと、颯爽と助けてくれたリオンの勇姿を思い出した。

「本当は、領地を経営するには優しいだけじゃダメなんだけど……でも、弟くんは、それも覚悟の上で、貴方のことを信じてるみたいよ」

「……どういうことですか？」

平民にも対等に接してくれる。これほど素晴らしい領主はいないと思っているのに、クレアリディルはそれだけじゃダメだと言った。

弟を溺愛する姉の言葉とは思えなくて困惑する。

「目の前で困っている人に、迷わず手を差し伸べる弟くんは優しいわ。でも、領主にとって、その判断が正しいとは限らない。より多くの人を救うために、目の前で困ってる人を切り捨てる冷酷さだって必要なのよ」

「……それは、なんとなく分かります」

リアナとて村長の娘だ。村全体を救うために、苦悩にまみれながらも、一部を切り捨てる判断を下した父の背中を見ている。

「だから、領主としては間違ってるはず、なんだけどね。あたしもそんな弟くんに救われた身だし、弟くんとアリスは信じられないような方法で、あれこれ切り抜けちゃうから」

「ええっと……」

なんのことか分からなくて首を傾げる。

「あ――っと、ごめんなさい。貴方を助けた理由だったわね。弟くんには、貴方を罰したことにして村に逃がすという選択肢もあったの。だけど、そうはしなかった。貴方は手元に置いておくだけの価値があるって、そう信じてるみたいよ」

「……リオン様が、そんな風にあたしのことを？」

「ええ。弟くんは貴方に期待してる。だけど、あたしは半信半疑。弟くんは優しいから、誰かが冷酷にならなきゃいけない。もし貴方が助けるだけの価値がないと思ったら……」

再び、強い意志を秘めた瞳がリアナを射貫く。

続きは聞くまでもなかった。もしも結果を出さなかったら、そのときこそ迷わず切り捨てられるだろう。そう思うには十分過ぎる迫力があった。

「……期待は裏切りません。全力でリオン様のお役に立てるように頑張ります」

「良いわ。ひとまずは……そうね。全科目の基準を達成して、成績優秀者になりなさい。そうすれば、少なくとも貴方が本気だと言うことは認めてあげる」

パトリックの件があったりと、成績はわりとギリギリのライン。だけど、リアナはもとより、成績優秀者を目指していた。だからリアナは「分かりました」と力強く頷く。

「頑張りなさい。もし弟くんの期待を裏切るようなことをしたら、パトリックに差し出すくらいはするから、心しておきなさい」

「はい、絶対に裏切りません」

決意を持って頷く。それを見たクレアリディルが、ほんの少しだけ微笑んだ。

「良い子ね。あたしからの話は以上だけど……なにか聞きたいことはあるかしら？」

「えっと……それじゃ一つだけ。パトリックさんの件は、どうなるんですか？　これでもう解決、なんてことはないですよね？」

「一方的にパトリックが悪いと言う形で退学に追い込んだのだから、当然あれこれ難癖をつけてくるでしょうね。バックにいる侯爵家も間違いなくちょっかいを出してくるわ」

「それじゃ、あの……グランシェス伯爵家は、ピンチなんじゃないですか？」

「そうね。いますぐ全面戦争なんてことにはならないでしょうけど、ネチネチ嫌がらせをされる可能性は十分にある。誰かさんのせいで大ピンチね」

「ご、ごごっごめんなさい！」

やぶ蛇だったとペコペコと頭を下げる。

「冗談よ。本当は、貴方に感謝しているのよ。だから、謝らなくて良いわ」

クレアリディルが微笑む。

「……あたしに感謝、ですか？」

「聞いたわよ。弟くんの不利になる証言をしろって言われて怒り狂ったんでしょ？」

「え、あ、その……はい」

「貴方がお金に目がくらんでパトリックに従っていたら、とても面倒なことになっていた。だから、貴方には感謝しているの。ありがとうね、リアナ」

クレアリディルがぺこりと頭を下げる。それを見てびっくりしてしまう。

「あ、頭を上げてください、クレア様。あたしはただ、リオン様があたし達のためを考えてくれているって分かったから。だから、当然のことをしただけです」

「……そう。弟くんの貴方達に対する行動が、弟くんを救ったという訳ね。だとすれば、弟くんの考えが正しかったってこと、なのかしらね」

どこか誇らしげに微笑む。

その表情から、どれだけリオンのことを大切にしているかが良く分かる。妹を大切にしているリアナは、クレアリディルに対して共感を覚えた。

「クレア様、あたし、頑張ります！　頑張って、レジック村を豊かにして、そしてリオン様やクレア様、みんなのお役に立てるようになって見せます！」

「ええ。楽しみにしているわね、リアナ」

「——はいっ！」

　こうしてパトリックとのいざこざに対する処罰を免れたリアナは、自分を庇ってくれたリオンが正しかったのだと証明するために、あらためて成績優秀者を目指すこととなった。

―― 2 ――

「リアナ、大丈夫だった!?」

理事長室から退出した瞬間、ティナが駆け寄ってきた。どうやら廊下でリアナが出てくるのを待ってくれていたようだ。

「心配してくれてありがとう、ひとまずはお咎めなしにしてもらえたよ」

「……ひとまずって、どういうこと？」

「実は――」

前置きを一つ。詳しい事情の説明は省いて、自分が成績優秀者にならなくてはいけなくなったことを打ち明けた。

「へぇ、そうなんだ」

「そうなんだ……って、もっとこう、大変だ！　とか、他に言うことがあると思うんだけど」

「なに言ってるの？　リアナならきっと余裕だよ」

「いやいや。あたし、このあいだの小テストの成績も、結構ギリギリだったよ？」

「そんなの、あの人に邪魔されてたからでしょ？　これからは邪魔もなくなるんだし、あたしやソフィアちゃんが、ちゃんと補習に付き合ってあげるから大丈夫。――だよね？」

ティナがリアナの背後に向かって声を投げる。誰かいるのかなと振り返ると、廊下の陰に金色の髪と、制服のスカートが消えていくところだった。

その主を確認しようと、足音を殺して忍び寄る。ほどなく、曲がり角からコッソリ顔を覗かせてきたソフィアと間近で目が合った。

「――っ」

びっくり眼のソフィアが、とっさに角の向こうへと隠れようとする。だからリアナは制服の袖を掴んだ――つもりだったのだが、するりと躱されてしまった。

それどころか、ソフィアは身体を反転。伸ばしきったリアナの腕を掴むと、そのまま軽く捻るように動かした。

気付いたら、リアナは壁に軽く押しつけられていた。いつもはキラキラと輝いているソフィアの紅い瞳からハイライトが消えている。冷たくて深い大粒の瞳がそこにあった。

「……ソフィア、ちゃん？」

リアナが戸惑いの声を上げるのとほぼ同時、ソフィアが弾かれたように飛び下がった。

「――ご、ごめんなさいっ！」

焦った様子で深々と頭を下げる。その姿はかよわい女の子そのもので、さっき一瞬だけ纏っていた、切り裂くような冷たさは残っていなかった。

そうして呆気に取られているあいだに、ソフィアは逃げ去ってしまった。

「ええっと……あたしがなにか悪いことをした？」

助けを求めると、ティナは少し深刻そうな顔をする。

「リアナは悪くないよ。ただ、ソフィアちゃん、今回のことでちょっと責任を感じてるみたい。それに……うぅん、これは私の口から言うことじゃないね」

「……なにかあるの？」

首を傾げてみせるが、なんとなくは想像がついていた。ソフィアは過去に悲しい目に遭ったという話を覚えていたからだ。

「うん。ソフィアちゃんの過去に関わることだから自分で聞いてみて」

「あたしが聞いても大丈夫？」

「うん。リアナならきっと大丈夫。私はお勉強の準備をしてくるから、行ってくると良いよ」

「ありがとう、それじゃちょっと行ってくるね！」


やって来たのは、寮にあるソフィアの部屋。ノックをするが返事がない。

「……ソフィアちゃん、あたしだよ」

いないのかなと思いつつも、念のために声を掛けて、もう一度ノックをする。

それからほどなくして、がちゃりと控えめに扉が開いた。そうして出来た隙間から、ソフィアがおずおずと顔を出した。

「リアナ、お姉ちゃん？」

「うんうん、あたしだよ。少しお話したいんだけど……ダメかな？」

問いかけると、ソフィアは少し困ったような顔をした。これは無理そうかも、なんて心配したのだけれど、しばらくして扉が開かれた。

ソフィアが受け入れてくれた。それが嬉しくて、さっそく話をしようとしたのだけど、話す内容を考えていなかったことを思い出す。

どうしようと思っていると、ソフィアが「ごめんなさい」と頭を下げた。

「えっと……なにを謝ってるの？」

小首をかしげると、ソフィアが頬に手を伸ばしてくる。

「凄く腫れてる。ソフィアのせい、だよね……」

「なんだ、そんな風に思ってたの？」

「だって……あの人が来たのはソフィアが原因だし……」

「原因だったとしても、ソフィアちゃんが悪い訳じゃないよ」

「でも、でもでも！　リアナお姉ちゃんはずっと困ってたのに、ソフィアはなんにも出来なくて。今日も、からまれてるって気付いてたのに……っ」

ソフィアはポロポロと泣き出してしまった。

どうやら、自分のせいで編入してきたパトリックが、リアナに嫌がらせを繰り返している状況で、自分がなにも出来ずにいることに対して罪悪感を抱き続けていたらしい。

それを理解した瞬間、リアナはその小さな身体を自分の腕の中に引き寄せた。

「リアナ……お姉ちゃん？」

「言ったでしょ、ソフィアちゃんのことは、あたしが護ってあげるって。だから、ソフィアちやんは、なんにも心配しなくて良いんだよ」

少しだけ身体を離して、ソフィアの顔を覗き込む。ソフィアの紅い瞳が揺らいでいた。

「ソフィア、みんなに護られてばっかりで……」

「うぅん、ソフィアちゃんは可愛いからね。護ってあげたくなっちゃうんじゃないかな。かくいうあたしも妹と重ねちゃって、護ってあげたくなっちゃったんだよね」

だから、気にしなくて良いんだよと言ったつもりだったのだが、ソフィアはちょっぴり寂しそうな顔をした。リアナには、その反応に少しだけ心当たりがあった。

妹のアリアも、同じような反応をしたことがあったからだ。

「護られるだけなのは……嫌?」

どうやら予想は正解だったようで、ソフィアはこくんと頷いた。

「ソフィアもみんなを護りたい。だけど……ソフィア、前に失敗しちゃったことがあるの」

「……失敗？　失敗ならあたしもしたところだけど、ソフィアちゃんはなにを失敗したの？」

「それは……えっと」

不安げに視線を彷徨わせる。

「あ、言いたくなければ、無理に言わなくても良いよ」

ソフィアの悲しい過去に直結する内容だと察して、とっさに口にする。だけど、ソフィアはふるふると首を横に振った。

「えっと……話してくれるってこと？」

今度はこくこくと頷く。ソフィアが小動物みたいで可愛い——と、そんなことを考えながら、ソフィアの話に耳をかたむける。

「ソフィアのお父さんが、リオンお兄ちゃんの家族に酷いことをしたの。ソフィア、それが許せなくて、お父さんに手を上げちゃった」

「……それが、後悔してること？」

いくら理由があっても、自分の親に手を上げたらショックを受けるだろう。そう思って問いかけたのだけれど、ソフィアは首を横に振った。

「リオンお兄ちゃんが凄く悲しそうに言ったの。ソフィアのしたことはいけないことだから、もう二度としちゃいけないよ——って」

優しいソフィアが親に暴力を振るったのは、間違いなくリオンのためだろう。

だから——

「ソフィアちゃんは悪くないよ」と、安心させるように微笑んだ。

もしもこのとき、ソフィアの打ち明けた話の全貌を知っていれば、決してソフィアの行動を肯定したりはしなかっただろう。

だけどリアナは知らなくて、ソフィアの行動を肯定した。

肯定、してしまった。

それがどのような結果を生むことになるのかを知るのは、もう少しだけ先の話である。

「でも、リオンお兄ちゃんにダメだって言われたんだよ？」

「それはきっと、ソフィアちゃんのことが心配だったからだよ」

「……どういうこと？」

「二人の立場が逆なら、リオン様はきっと自分の父親を止めたと思うんだよね」

「でも、リオンお兄ちゃんは、ソフィアのしたことは、いけないことだって言ったんだよ？」

「それは、ソフィアちゃんに傷ついて欲しくないから。ソフィアちゃんを傷つけたくないから、リオン様は自分が傷ついてでも、ソフィアちゃんを助けようとすると思うの」

リオンの気持ちが手に取るように分かった。

なぜなら、リアナは妹を護るために自分の身をグランシェス家に差し出したが、アリアが同じことをしようとすれば絶対に怒って止める。

リオンもきっと、同じような気持ちだったのだろうと推測できたのだ。

「じゃあ……リオンお兄ちゃんが怒ったのは、ソフィアのことを護ろうとしているから？」

「そうだと思うよ。ソフィアちゃんに、辛いことはさせたくないんだと思う」

「……そっか、そうだったんだ」

ぽつりと呟く。ソフィアの顔はどこか寂しげにも見えた。

「ソフィアちゃんはまだ子供なんだし、気にする必要なんてないと思うよ」

そう言ってみるけれど、ソフィアはふるふると首を振った。

「ソフィア、ね。お兄ちゃんにダメだって言われたとき、凄くショックだった。でも……怒られるのが恐くて、リアナお姉ちゃんが殴られるのを見てただけの自分は嫌い」

ソフィアは護られるだけの自分が嫌で、大人になろうとしている。妹のアリアはもちろん、五年前の自分もこんなにしっかりしてなかったと感心してしまう。

無理をすることはないと思いつつも、頑張るソフィアを応援してあげたいと思い、ソフィアの背中を少しだけ押すことにする。

「じゃあ……あたしと一緒に助け合お？」

「リアナお姉ちゃんと？」

「そうだよ。ソフィアちゃんが困ってることがあれば、あたしが助けてあげる。だから……」

「分かった！　リアナお姉ちゃんがピンチのときは、ソフィアが敵を排除してあげるね！」

「えっ？　ええっと……うん。お願いね」

さすがに、愛らしいソフィアにそんなことは求めていない。勉強を教えて欲しかっただけなのだけれど、ソフィアをがっかりさせたくないリアナはにっこりと微笑んだ。

しかし、このときの何気ない選択が後々にとんでもない事態を引き起こすのだが……いまのリアナは夢にも思っていなかった。

それはともかく、邪魔者だったパトリックはいなくなった。

学園には平和が戻り、授業に集中することが出来るようになった。更には個人授業と、ソフィア達とのお勉強会はそのままで、リアナは成績優秀者を目指して必死に勉強を続けた。

そうして数週間。

満を持して受けたテストで——リアナは不合格を言い渡された。

― 3 ―

ロードウェル子爵家の子息、パトリックと口論をしてしまったリアナは、本来であれば貴族にたてついた者として、重い罰を受けるはずだった。

リオンがそんな運命から救ってくれたのだが、その代償としてグランシェス伯爵家は、他の貴族に付け入れられる隙を作ってしまう。

そこまでしてリアナを助けた、リオンの判断が正しかったのだと証明するために、リアナは成績優秀者を目指すことになったのだが……

テストを受けた翌日におこなわれた歴史の授業。

名前を呼ばれて教卓の前に進み出たところで、ライリーから不合格を言い渡された。

「そんな……」

あまりのショックに膝からくずおれた。

リオンの恩に報いると、クレアリディルに対してあんなに大見得を切ったというのに。一体どうすれば良いのか……頭が真っ白になってなにも考えられなくなった。

「せ、先生！　リアナはあんなに頑張ってたのに、赤点ってどういうことですか⁉」

床に座り込んでしまったリアナの横で、ティナがライリーに食って掛かる。

「おいおい、落ち着け。俺はリアナが赤点だなんて言ってないぞ。順位で言えば上位に食い込んでいるが、成績優秀者には届かなかったと言ったんだ」

成績優秀者に届かなかった。その言葉が胸に突き刺さった。成績優秀者になれなければ、来年も授業を受けるという目標はもちろん、クレアリディルとの約束も守れない。

「先生、リアナお姉ちゃんは凄く頑張ったんだよ。どうにかならないの？」

ティナに続き、ライリーを怖がっていたソフィアまでもが先生に直談判してくれている。リアナは嬉しいやら情けないやら。俯いたまま手をぎゅっと握りしめた。

「だから落ち着けと言っているだろう。たしかに成績優秀者となるラインは超えられなかったが、かなり惜しいところまで行っている。それに、リアナがあの貴族のボンボンにからまれていた件は周知の事実だからな」

リアナはガバッと顔を上げた。ライリーの物言いに希望を感じたからだ。

「安心しろ、リアナ。特別に補習と再テストを実施して、合格ラインを突破することが出来れば、成績優秀者になれるように申請してやる」

「ほ、本当ですか!?」

「ああ、本当だ」

「あ、ありがとうございます！　……あ、でも、補習って、あたしだけ……ですか？」

この期に及んで、自分だけ特別扱いなのだとしたら申し訳ない、なんて思ってしまう。

「心配には及ばん。赤点の者はおらず。成績優秀者にギリギリ届かなかったのはリアナ、お前だけだからな」

「……そうなんですね」

ホッと息を吐く。自分が一番追い詰められている状況でも他人を気遣うリアナは、どこまでもお人好しだった。

それはともかく、幸いにして他の科目はすべて合格ラインを突破。リアナは歴史の科目の補習と再テストをクリアすれば、成績優秀者に入れることが確定した。


その日の放課後。

ライリーの呼び出しに応じて、学園にある自習室に向かった。いままでの個人授業は、パトリックの目を避けるために学生寮の個室を使用することが多かったのだが、パトリックがいなくなったので、今回は自習室を使うらしい。

という訳で、リアナは自習室の扉をノックし、返事を聞いてから部屋の中に入った。

「お待たせしました、ライリー先生」

「うむ。良く来たな。まずは席に座るが良い」

「はい、さっそくノートを出しますね」

ライリーが立つ横の机に座り、いままでの授業の内容を纏めたノートを取り出す。けれど、それは必要ないと言われてしまった。

「えっと……ノートを使わないんですか？」

真横に立つライリーを見上げる。

「うむ。ノートを見ても無駄だ。お前はこのままだと合格できない」

「え？　……ど、どうしてですか？」

もしかして、合格ラインギリギリというのは嘘で、本当はもっと酷い成績だったんだろうかと焦っている、リアナはどこまでも無垢でお人好しな女の子だった。

「リアナ、お前が合格できない理由は簡単だ。このままなら、俺が合格させないからだ」

「えっと……それは、当然ですよね？　先生が採点するんですから」

「……はっ。ここまで言っても分からんとは。お前は本当に見た目通りにお人好しだな」

「え、あの……ライリー先生？」

ライリーの手が背後から回され、リアナの頬を撫でた。自分の父と同じ年頃のライリーに撫でられ、気恥ずかしさと戸惑いを持ってライリーを見上げる。

「リアナ、お前は物凄く頑張っているな」

「え、えぇ、どうしても成績優秀者になりたいので」

「成績優秀者となって、リオン様の役に立つ、だったか？」

「それもありますけど、クレアリディル様と約束したんです」

「ほう。クレア様とか？」

「パトリックの件でリオン様にご迷惑を掛けてしまったので、自分を助けてくれたリオン様は間違ってないって証明しなくちゃいけなくて」

「なるほどなるほど。それならばなおさら、なにがなんでも合格せねばならんな」

「そう、なんですけど……」

リアナはここに来て急に恐くなった。父のように思っていたライリーが、ギラギラとした瞳でリアナを見下ろしていることに気がついたからだ。

「あ、あの、ライリー先生？」

「なんだ？」

「いえ、あの……補習をしてくださるんですよね？」

「うむ。特別な補習をしてやる。合格にして欲しければ動くなよ」

言うが早いか、頬をさわさわと撫でていた手が首筋へと滑り落ち、更にその下へと向かおうとした。リアナは怖気を感じ、椅子から転げ落ちるように逃げた。

そうして別の机に手をついて立ち上がり、驚いた顔でライリーを見る。

「ライリー先生、な、なにをするんですか？」

「なにを……だと？　なんだ、まだ分かっていないのか。合格にして欲しければ、俺の愛人になれと言っているのだ」

「——なっ⁉」

予想もしていなかった言葉に硬直する。

「なに、悪い話ではないぞ。俺はこう見えて、グランシェス家に昔から仕える官僚でな。それなりに権力もある。俺のモノになるのならあれこれ手を回してやろう」

「そ、そんなこと受けるはずがないでしょ⁉」

「良いのか？　俺の申し出を断れば、お前は成績優秀者にはなれない。そうなって困るのはリアナ、お前ではないのか？」

たしかにその通りだった。成績優秀者になれなければ、自分の手でレジック村や妹を救う夢はもちろん、自分を助けたリオンの正当性を証明することすら出来なくなってしまう。

だからと言って、はいそうですかと従う理由もないのだけれど。

「リオン様に訴えます」

きっぱりと断言して、クルリと踵を返した。

「……またリオン様に迷惑を掛けるのか？」

自習室から出ようとしたリアナの背中に、無視できない一言が投げかけられた。

だから、思わず足を止めて振り向いた。

「リオン様に迷惑って……どういう意味ですか？」

「分からないのか？　貴族のボンボンと揉めたことでリオン様に迷惑を掛けたのだろ？　ならば、この一件が明るみに出て、なぜ迷惑が掛からないと思うのだ」

「それは……」

パトリックが編入してきたのは、学園の闇を暴くという名目だった。

それなのに、パトリックを一方的に退学にした後、教師が生徒を脅して愛人にしようとしていたなどという事実が明るみになれば、リオンはきっと窮地に立たされる。

もちろん、そうならない可能性もあるけれど……リアナは事実として、リオン達に多大な迷惑を掛けたばかり。ライリーの言葉を無視することは出来なかった。

「……分かりました。この件は誰にも言いません。その代わり、先生もあたしのことは諦めてください。それで……良いですよね？」

「良いはずがないだろう。お前が選べるのは、リオン様にすべてを話して迷惑を掛けるか、成績優秀者になれずに迷惑を掛けるか、俺の愛人となってリオン様の役に立つかの三つだけだ」

「――なっ！　あたしがリオン様に話したら、先生だってただじゃ済まないんですよ？」

「それがどうした。お前がその選択肢を選べない以上、それは脅しにもなっていないぞ」

「～～～っ」

悔しさのあまりに唇を噛んだ。

「リアナ、なにもそんなに嫌がることはないだろう。お前だって、俺のことを憎からず思っていたんじゃないのか、ん？」

「あたしは……先生がお父さんと似てるって思ってただけです」

たしかに熱血の先生に対して、好意は抱いていた。だけどそれは、父親に向けるのと同種で、異性として見たことはなかった。なのに、そんな風に言われて戸惑ってしまう。

「ふむ。そういえば、親子ほどに年が離れているか。だがそれがどうした。俺はれっきとした男で、お前は年頃の女。なにも問題はあるまい。それになにより、お前は慰み者にされる覚悟で来たと言ってたじゃないか」

「それ、は……」

たしかに、一度は慰み者になる覚悟をしていた。あの日のリアナなら、きっとライリーの言いなりになっていただろう。

だけど――脳裏に浮かぶのは、学生寮のエントランスホールで、みんなが幸せになる世界を作るといったリオンの姿。いまのリアナは、愛人になるなんて考えられなかった。

「は、なんだ、お前。もしかしてリオン様に惚れているのか？」

「ちっ、違います！　あたしはただ、リオン様の助けになりたいって、そう思って……」

「はん。口ではなんとでも言えるだろ。まったく、どいつもこいつも、リオン様、リオン様と。そんなに、あの優男が良いのか？」

「だから、違いますっ！」

どうして意固地になって否定するのか、自分でも分からなかった。けれど、それでも、真っ赤になって違うと捲し立てた。

「……まあ、どっちにしても無駄だ。リオン様のまわりには、信じられないくらい、外見も身分も育ちも良い娘が集まっているからな。お前では相手にされまい」

「――そんなこと、貴方に言われなくても分かってるわよ！」

ミューレ学園で知恵を授かったとはいえ、リアナが村娘であることに変わりはない。リオンの周りに美少女が揃っていなくても、自分が相手にされるはずがないことは理解している。

なのに、それを他人に指摘された瞬間、リアナは声を荒げてしまった。

「ふん。無駄だと理解しているのなら良いだろう。叶わぬ望みなど捨てて俺のモノになれ。そうすれば、リオン様の元で働けるよう手を回してやる」

「そんなこと……」

受けられるはずがないという拒絶の言葉は、喉でつっかえて出てこなかった。クレアリディルとの約束を果たさなければ、リオンにも迷惑が掛かると思ったからだ。

「……ふむ。どうしても嫌なら、今回は一晩だけでもかまわんぞ。どうせ、このような機会はこれから何度でもあるのだからな」

「一晩……」

一晩我慢すれば、リオンの恩に報いることが出来る。

クレアリディルに失望されて、リオンの恩にあだを返して、一生後悔するくらいなら、一晩だけ従ってしまえ……と、ライリーが囁く。

リアナは――ぎゅっと瞳を閉じた。

「くくっ、ようやく覚悟が決まったようだな」

ライリーが目を閉じるリアナの両肩を掴んだ。

すぐ側で、ライリーの息づかいが感じられる。次の瞬間、ライリーに押し倒される。

――そんな未来を想像して、リアナはライリーを突き飛ばした。

「くっ、お前……」

声を荒げようとしたライリーだが、リアナを見て言葉を飲み込んだ。

――無知で無力な村娘は、その身を犠牲にすることでしか大切な人を護れないと思っていたけど、ミューレ学園で様々な知識を学んで、そうじゃないと知った。

……はずだったのに、これじゃなにも変わらない。どんなに頑張っても、村娘は村娘。そんな事実を突きつけられた気がして、リアナはボロボロと泣いていた。

「――ちっ！　今日の補習は止めだ！」

ライリーが吐き捨てるように言う。それが意外で、リアナは顔を上げた。

「勘違いするなよ。お前が成績優秀者になる手段は一つしかない。だが、俺はお前を無理矢理愛人にしたい訳ではないからな。明日まで待ってやるから、そのあいだに覚悟を決めてこい」

それを受け入れることなんて出来なかったけれど、一秒でも早くここから逃げ出したい。

そんな衝動に駆られ、リアナは自習室を飛び出した。


なにが正しくて、なにが間違っているのか。それどころか、自分がなにをしたかったのか。訳が分からなくなったリアナは、ふらふらと辺りを彷徨った。

そして気付けば、校庭にある小さな畑の前に立っていた。

ミューレの街とは名付けられているが、完成しているのは街の中心のみ。大きな表通りの向こうにはなにもなく、遠くには地平線が見える。

地平線には真っ赤な太陽が沈み、空高くには夜が広がり始めていた。そしてそのあいだ、昼と夜の境界線が美しい紫色に染まっている――マジックアワー。

どこまでも美しい空の下、リアナは止めどなく涙を流していた。

美しい空も、実りに実った畑も、いまの自分にはふさわしくない。まるで、自分だけが美しい世界に拒絶されたような錯覚を抱く。

やっぱり、村娘である自分には、みんなを救うことは出来ない。全部無駄な努力だったんだと、リアナが世界を呪おうとしたその瞬間——

「……そんなところでどうしたの、リアナお姉ちゃん」

幻想的な光を浴びて金髪を煌めかせる天使が現れた。

――4――

夕暮れの校庭で静かに泣いていたリアナを見つけたのはソフィアだった。

「ソ、ソフィアちゃん、どうしてここに⁉」

「それはソフィアのセリフだよ。リアナお姉ちゃんがふらふらと歩いているのを見かけたから、どうしたのかと思って追いかけてきたんだよぅ」

「そ、そうだったんだ」

「それで、どうかしたの？」

「――っ。べ、別になんでもないよ」

リアナは涙を袖で拭って笑顔を浮かべて見せる。だけど、泣いているのを見られていたのだろう。ソフィアは手を掴んで「なにかあったの……？」と顔を覗き込んでくる。

「な、なにもないよ。ただ……えっと、そう。補習が上手くいかなくて」

ダメ、誤魔化さないと。ソフィアちゃんまで巻き込む訳にはいかないよ！　と、必死に表情を取り繕うとした。

だけど――

「リアナお姉ちゃん、ダメだよっ！」

ソフィアが眉をつり上げた。どうして怒られたのか。そもそもソフィアが怒ること自体が驚きで、ぱちくりと目をしばたたいた。

「ソフィアちゃん、なにを怒ってるの？」

「リアナお姉ちゃんが、ソフィアを巻き込まないようにって考えてるからだよ」

「え、あたし、そんなことしてないよ……？」

腕を掴まれた状態で顔を覗き込まれていては、目をそらすことも出来ない。なけなしの平常心を総動員して視線を受け止め、ソフィアの問いに惚けてみせる。

「むぅ、どうしてそういうこと言うの？」

「いや、どうしてもなにも……」

「ソフィアが困ってたらリアナお姉ちゃんが護ってくれる。その代わり、リアナお姉ちゃんのことはソフィアが護るって約束したよね？」

「それは言ったけど……」

ライリー先生に脅されたなんて打ち明けたら、ソフィアちゃんを巻き込んじゃう——と考えたその瞬間、ソフィアが目を見開いた。

「ライリー先生に脅されてるの？」

「——えっ!?」

どうしてソフィアがそのことを知っているのかと考えたのは一瞬。きっと、カマを掛けられたのだと思って、とっさに表情を取り繕った。

だけど——

「カマを掛けた訳じゃないよ。それより、脅されたって、どういうこと？」

まるで最初から知っていたかのように答える。けれど、最初はなにも知らなかったはずだし、いまも詳細は理解していないようだ。

そこから考えられる答えは……

「リアナお姉ちゃんが想像しているとおり、ソフィアは触れている相手が考えている内容を正確に読み取ることが出来るんだよ」

リアナが言葉にするよりも早く、ソフィアがリアナの心の中で浮かべた疑問に答えた。そのことに驚きつつも、そんなことはありえない、他に理由があるはずだと考える。

「……冗談、だよね？」

「ホントだよ。なんだったら、ソフィアが絶対予想できないようなことを思い浮かべてくれても良いよ。ちゃんと当ててあげるから」

「えっと……」

なら――87掛ける67……と、ソフィアが絶対に予想できない。予想したとしても、数値までは決して当てられない。学園で習っていない二桁同士の掛け算を思い浮かべた。

刹那――

「5，829だね」

ソフィアはなんの感慨もなくその数字を口にした。

けど、自分が思い浮かべた数字とは違う。だから、ソフィアは思考を予想しているだけで、実際に心を読んでいるのではないと思った。

「リアナお姉ちゃん、違うよ。ソフィアが答えたのは、リアナお姉ちゃんが思い浮かべた数式に対する答えだよ」

「……なにを言ってるの？」

「だから、87掛ける67の答えが、5，829なんだよ」

「……え？」

九九については習い始めているけれど、二桁の掛け算なんて習っていない。ましてや、答えを暗算で一瞬なんて……と、そこまで考えたところで、驚くところが違うことに気がついた。

「いま……87掛ける67って言った？」

「うん、そう言ったよ」

ありえない。たとえ、二桁同士の掛け算にまで当たりを付けたとしても数千通り。勘で言い当てるなんて出来るはずがない。

だとすれば……

「えへへ、ソフィアは恩恵持ちなの」

「そう、なんだ……」

恩恵とはごく限られた者だけが持つ特殊能力の総称。恩恵には様々な能力があるので、相手の心を読む能力があってもおかしくはない。

いまにして思えば、人の心を読んでいるような言動が多々あった。だとすれば、ソフィアは本当に恩恵持ちなのだろう。ここまで来たら疑う余地はないと理解した。

その瞬間、ソフィアは穏やかな微笑みを浮かべる。

「リアナお姉ちゃんは、ソフィアの秘密を知っても怖がったりしないんだね」

「え？　あ、あぁ……そうだね」

心を読まれると言うことは、どんな隠し事も出来ない。それにソフィアにたびたび抱きつかれていたことを考えると、普段から心を読まれていた可能性が高い。

普通に考えれば、怖がったりするはずなのだけど……リアナは恐いとは思わなかった。

それどころか、ライリーの一件をソフィアに知られて、心のどこかでホッとしていた。もちろん、ソフィアを巻き込んでしまったことは申し訳ないと思っているのだけれど。

「リアナお姉ちゃんはソフィアが護るから。……だから、そんなこと心配しなくて良いよ。それより、詳しい話を教えて」

「えっと……うん、分かった。ソフィアちゃんに全部話すね」

リアナより五つも年下で儚げ。護ってあげなきゃいけないと思っていたのに、いまは凄く頼りがいがあるように感じる。

ソフィアならきっと、打開策を考えてくれるような気がして、「実は……」と自習室でのやりとりを打ち明けた。

そして――

「よし、殺そう」

「えぇぇえっ⁉」

話を終えた直後、ソフィアの口から物騒なセリフがこぼれ落ちたので仰天した。

「ダ、ダメだよ、ソフィアちゃん、そんな物騒なことを言ったら」

「え？　でも、リアナお姉ちゃんを泣かしたんだよ？　もう、殺すしかないよね？」

「いやいやいや。なに言ってるの⁉」

このままじゃ無邪気なソフィアちゃんが闇堕ちしちゃう。あたしがなんとかしないとと、必死にソフィアを説得する。

「リアナお姉ちゃん、リオンお兄ちゃんと同じこと言ってる」

「でしょ？　だからダメなんだよ！」

ソフィアの説得に必死で、リオンがどうしてそんなセリフを言ったのかを考えなかった。

そして――

「ん～。それなら、殺さない方向で。リアナお姉ちゃんを泣かせた罰として、生まれてきたことを後悔させようか。……切り落とせば良いかな？」

「いや、だから、ね？　先生のことを訴えると、リオン様に迷惑が掛かるんだってば」

と言うか、切り落とすってなにを？　とは恐くてとても聞けない。

「大丈夫だよ」

「大丈夫じゃなくてっ」

おかしい。ちゃんと説明もしたし、ソフィアちゃんはあたしの心を読めて、頭も良い女の子のはずなのに、どうして話が通じないの⁉　と焦る。

けれど、そんなリアナを、ソフィアの紅い瞳がまっすぐに射貫いた。

「ソフィアはね、リアナお姉ちゃんが殴られたとき、なにも出来なかった。……うぅん、なにもしなかった。それを後悔してるの。だから、今度は絶対にリアナお姉ちゃんを護るよ」

「……ソフィアちゃん。気持ちは嬉しいけど……」

ソフィアを巻き込む訳にはいかないし、リオンやクレアリディルに迷惑を掛ける訳にもいかない。だから――と、そんな風に考えるリアナの手を、ソフィアが引っ張った。

「ダメだよ、そんな風に考えたら。ソフィアが、絶対になんとかしてあげるから、行くよ！」

「え、行くって……どこに？」

「決まってるじゃない。ライリー先生のところだよ」

「え、いや、それは……え？」


――あれよあれよと連れてこられたのは、街の片隅にある小さなお屋敷。止める間もなく、ソフィアが扉を叩いて姿を現した執事に取り次ぎをお願いしてしまった。

「ね、ねぇ、ソフィアちゃん。ここって、もしかして……」

「ライリー先生のお屋敷だよ」

「やっぱりいいいぃ」

情けない悲鳴を上げる。この場から逃げ出したくなるが、ソフィアに手を繋がれたまま。そもそも、ソフィアを置いて逃げるなんて出来ない。

——そんな風に考えているうちに、さきほどの執事が戻ってきた。

どうやら、面会の許可が下りたらしい。

こうなったら仕方ない。いまの自分に出来ることをするだけ。いざとなったらソフィアだけは逃がそうと覚悟を決め、執事の後に続いて屋敷の中へと足を踏み入れた。

そして案内されたのは、小さな応接間。

「ふむ……ミューレ学園の生徒が二人と聞いていたが……なるほど。どうやら、約束を破って、ほかの者に話してしまったようだな、リアナ」

「そ、それは、その……っ」

咎めるような口調を向けられて謝りそうになってしまうけれど、それよりも一瞬早く、ソフィアがあいだに割って入った。

「ソフィアが、強引に聞き出したの。だから、リアナお姉ちゃんは悪くないんだよ？」

「……ふむ。ソフィア……お前はたしか、リオン様の義妹になった娘だったな。一体なにをしにここに来たのだ？」

ライリーは探るような眼差しをソフィアに向けている。願わくば、リオン様の義妹という地位が、ライリー先生の暴挙を抑えられますように——と祈りを捧げる。

だけど――

「ソフィアは、リアナお姉ちゃんを泣かせた悪党を始末しに来たんだよ？」

愛らしい金髪幼女の口から、信じられないくらい物騒なセリフがこぼれた。その言葉が予想外すぎて、ライリーがぎょっとした顔でソフィアを見つめる。

そして物騒な発言を聞くのが二回目のリアナは思わず頭を抱えた。

「リアナお姉ちゃん、どうしたの？」

「ど、どうしたのじゃなくて、人を始末するとか言ったらダメなんだってば！」

始末というのは別に殺すと同義ではない。けれど、どう考えてもそうとしか聞こえない。それになにより、ライリーを挑発するのは不味いと焦る。

だが、その忠告は少し遅かったようだ。

「ソフィア……学園に最初からいるリオン様のお気に入り。勉強は出来るようだが、駆け引きはまるで分かっていないようだな。リアナから聞いていないのか？　俺と事を構えると言うことは、リオン様に多大な迷惑を掛けると言うことだぞ？　それでも良いのか？」

「リオンお兄ちゃんに迷惑を掛けるのは良くないよ？」

ソフィアはあっさり――信じられないくらいあっさり答える。それに対して、ライリーは拍子抜けしたような表情を浮かべた。

だけど――

「だから、リオンお兄ちゃんにバレないように始末しちゃうんだよ？」

小首をかしげて可愛らしく紡いだセリフは……やっぱり物騒だった。そして、それに対してライリーがくくと喉の奥で笑った。

「なるほどなるほど。俺がリアナを脅しているのがハッタリだと見破り、逆に脅して手打ちにさせようという訳か」

「……え、ハッタリ？」

横で話を聞いていたリアナがきょとんとする。

「なんだ、お前はまだ気付いていなかったのか。たしかに、俺を訴えれば、リオン様に多大な迷惑が掛かるのは事実だ。だが、俺は自滅するつもりはないからな」

「な、なら、あたしが突っぱねてたら……」

「俺は諦めていたかもしれないな」

それを聞いた瞬間「凄いよ、ソフィアちゃん！」とソフィアの背中に抱きついた。

「……まだだよ、リアナお姉ちゃん」

「え、まだって……どういうこと？」

戸惑いつつも、ソフィアから身を離す。そうして覗き込んだソフィアの紅い瞳は、冷たく輝いていた。その言い知れぬ迫力に、リアナは思わず息を呑む。

「リアナお姉ちゃんが突っぱねてたら、口封じになにかされてたと思う」

「――くくっ、正解だ。だが、そこまで分かっていて、なぜここに来たかが分からんな」

ライリーが合図を送るように手を上げた。それをどこかで見ていたのだろう。背後にあった入り口が開き、傭兵のような恰好をした男が二人、部屋に入ってきた。

「二人を捕まえろ。見えるような場所に傷は負わせるなよ」

「へいっ、任せてくだせぇ」

一人は入り口を塞ぐように立ち、もう一人が近寄ってくる。それを見たリアナはとっさに両手を広げ、男の前に立ちはだかった。

「ソ、ソフィアちゃん。あたしは良いから逃げてっ」

入り口を塞がれている以上は、目の前の男の動きを止めても逃げるのは難しい。けれど、他に道はない。

自分がどんな目にあっても、ソフィアだけは助けると覚悟を決めたのだが――

リアナの広げた腕の下をなにかが通り過ぎた。それがリアナの護ろうとしたソフィアだと気付いた瞬間、男に躍りかかっていた。

ミューレ学園のスカートを翻し、そこから二振りの短剣を引き抜き――とっさに反応した男の顎先を回し蹴りで蹴り抜いた。

「……いや、短剣はどうしたのよ?」

場違いなツッコミを入れてしまう。しかし、そうして呆気にとられているあいだにも、ソフィアはもう一人の男も撃退してしまった。

「リアナお姉ちゃん、動かないでね」

ソフィアが振り向きざまに呟いた。

その意味を問うより早く、ソフィアがリアナの側を駆け抜け――

「ぎゃあああああっ!?」

ライリーの絶叫が響く。なにごとと振り返ると、颯爽とたたずむ愛らしい獣がいて、その足下には、足のあいだに両腕を挟み込んで転げ回るライリーの姿があった。

「えっと……なにが？」

「リアナお姉ちゃんを泣かそうとした悪は潰れたよ」

困惑気味に問いかけるリアナに、ソフィアが天使のような微笑みを浮かべた。そのセリフがいまいち良く分からなくて、リアナは「えっと……うん？　うん」と戸惑う。

「――って、そうじゃなくて。他の人が来る前に逃げないと！」

このサイズのお屋敷にそんなに多く人がいるとは思わないけれど、倒れている者達が起き上がってくる可能性もあると、ソフィアの腕を掴んで引っ張ったのだが……びくともしない。

「ソ、ソフィアちゃん？」

「ちゃんと始末するから、もう少し待っててね」

「いや、えっと……始末って？」

なにするつもり？　と、もう何度目か分からない疑問を抱いていると、ソフィアがどこから取り出したヒモで、ライリーや傭兵風の男達を縛り付けてしまった。

しかし、意識のない男二人と違って、ライリーは罵声を浴びせてくる。

ソフィアは、ライリーに猿ぐつわをして黙らせてしまったのだが――騒ぎを聞きつけたのか、

さきほどの執事が姿を現した。

「……これは、なんの騒ぎですかな？」

「——ううっ、うううぅっ！」

猿ぐつわをされたライリーがなにかを言っているが、もちろん声にはならない。それを確認した執事は、どこか落ち着いた態度でソフィアへと視線を向けた。

「ソフィア様、説明していただけますかな？」

「お姉ちゃんという大好きなお姉ちゃんが泣かされたんだよ？」

執事に見られ、リアナは困った顔でその視線を受け止めた。そのあいだも、ライリーはうーうー唸っているのだが、執事はあまり気にしているようには見えない。

「成績を不当に評価して、正当な成績を盾に、リアナお姉ちゃんに関係を迫ったんだよ」

「なんとっ⁉」

目を見開く。執事はライリーに仕えているはずで、ソフィアの言葉を信じるかは分からない。それどころか、敵対する可能性だってあったはずなのだが……

「では、わたくしはなにをすればよろしいですか？　なんなりとご命令ください」

執事は胸に手を当てて頭を下げ、ソフィアに恭順を示した。猿ぐつわをされて唸っていたライリーが目を見開くが、それすらも無視。

一体どういうことなんだろうと視線を向けると、ソフィア自身も意外そうな顔をしていた。

「執事さんは、この人に仕えているんじゃないの？」

「わたくしがお仕えするのはグランシェス家です。ゆえに、ライリー様が……いえ、ライリーがグランシェス家に不利益となるおこないをしたのなら、わたくしが従う理由はありません」

「ソフィアが、嘘をついているとは思わないの？」

「わたくしは、貴方のことを存じておりますから」

どういうことなのか、リアナには分からなかった。けれどソフィアはそれで理解したのか「なら、クレアお姉ちゃんを呼んできて」と微笑みを浮かべた。

「クレアリディル様ですね。かしこまりました。至急使いの者を出しましょう」

「──その必要はないわよ」

凛とした声が響く。

驚いた執事が横に退くと、そこにアリスティアを伴ったクレアリディルの姿があった。

―― 5 ――

ライリーのお屋敷にある応接室。ソフィアの足下には拘束と猿ぐつわをされて唸るライリーと、気絶した状態で縛られた傭兵風の男が二人転がっている。

そんなややこしい状況で姿を現したのはグランシェス伯爵家の当主補佐であるクレアリディルと、ミューレ学園の先生であるアリスティア。

クレアリディルは周囲を見回し、呆れるような顔をした。

「ソフィアちゃんが物凄い勢いで飛び出して行ったって報告を受けたから来てみたら……さてさて、一体これはなんの騒ぎかしらね？」

「ご、ごめんなさい！　あたしが全部悪いんです！」

たとえライリーに脅されたのが原因だとしても、事が明るみに出ればリオン達に迷惑が掛かるのは間違いない。そう認識しているリアナは、ソフィアを悪者にする訳にはいかないと思い、必死に自分のせいだと捲し立てた。

けれど――

「違うよ、悪いのはここに転がってるライリーだよ？」

「ソ、ソフィアちゃん、ダメだよ。たしかに脅されたのは事実だけど、あたし達も十分迷惑を掛けちゃってるし……」

「そう、なら、ライリーを処分しないとね」

「そう、ライリー先生を……え？」

クレアリディルがあっさりと言い放ったので、逆に困惑してしまう。

「……えっと、クレア様」

「ストップ。質問は後で聞くから――まずは、本人の言い分を聞きましょうか。――アリス」

「ん、分かった」

アリスが頷く。ただそれだけで、ライリーの猿ぐつわが切断されてしまった。いきなりのことに、ライリーはびくりと身を震わせたが、すぐに我に返って捲し立てる。

「お聞きくださいクレア様。私ははめられたのです！」

「ふぅん。それで？」

「……は？」

「だから、はめられたんでしょ？　どんな風にはめられたのかしら？」

「そ、それは……その、ソフィア嬢に……いや、自分の成績が悪いのは俺のせいだと謀ったリアナに、ソフィア嬢が騙されたのです！」

「――なっ」

なによそれと声を荒げようとしたのだが、寸前で袖を引っ張られた。視線を向けると、ソフィアが無言で首を横に振っている。

どうやら、ここは黙っている方が良いと言いたいらしい。理由は不明――だけど、自分を護ろうとしてくれているソフィアを信じることにする。

その直後、部屋にクスクスと笑い声が響いた。見ればクレアリディルだけでなく、アリスティアまでもが忍び笑いを漏らしている。

「……よりにもよって、ソフィアちゃんが騙された、なんてね。もう十分よ。そこの執事、彼を部屋から運び出しなさい」

「――はっ、かしこまりました」

執事は手足を拘束されているライリーの元に歩み寄る。

「ま、待ってください、クレア様。私の話を――」

「――黙りなさい」

ぴしゃりと言い放った。その顔に浮かんでいた温厚な微笑みはいつしか、寒気のするような冷笑へと代わっていた。

「どうせ、あたしや弟くんが相手なら、どうにでもなると思っていたのでしょ？」

「そ、そんなことは……」

「なければ、どうしてそんな嘘をつくのかしら？」

「嘘などついておりません！　なぜソフィア嬢が騙されている可能性を言及しないのですか」

「ありえないからよ。貴方はお父様の代から地方官をしていたから、知らなくても無理はないけどね。ソフィアちゃん、特にいまのソフィアちゃんに嘘は通じない」

「それは……どういう？」

「教える義理はないわ。……どっちにしても貴方は終わりよ。だって貴方は、ソフィアちゃんを怒らせたのだから。死ぬまで、自分の愚かさを後悔することね」

「……こ、この、さっきから聞いていれば好き勝手言いやがって！　子供が二人で領地を経営できると思っているのか!?　俺を処罰すると後悔するぞ、小娘が！」

本性を現したライリーが思いつく限りの雑言を並べ立てる。それをじっと聞いていたクレアリディルは、ライリーが息をつくのを待って口を開いた。

「貴方の言うとおり、あたしや弟くんだけじゃなにも出来ない。だからこそ、信頼の出来る有能な人材が必要で、そのためのミューレ学園。その学園を荒らす貴方は害悪でしかないわ」

「——くっ。……俺の不祥事が明るみに出れば、グランシェス家にとって痛手なはずだ」

「呆れた。歴史の先生をしているクセに、その程度のことも分からないなんて。……はあ、もう十分よ。連れて行きなさい」

「——はっ、かしこまりました」

執事が即座に担ぎ上げ、いまだに喚き続けるライリーを部屋から連れ出していった。それを見届け、クレアリディルはため息をつく。

「……アリス、悪いんだけど、ライリー達を護送してくれるかしら？」

「良いけど……どこへ？」

「弟くんに気付かれない場所ならどこでも良いわ」

「ん、それじゃ行ってくるね」

アリスは馬車の手配をすると退出。その後、執事が残った傭兵風の男二人も運び去り、この場にはソフィアとリアナ、それにクレアリディルの三人だけとなった。

「さて、待たせたわね。リアナ、脅されたとか言ってたわね。なにがあったか話しなさい」

「は、はい」

この期に及んでは嘘をつくことも誤魔化すことも出来ない。

実は――と前置きを一つ、自分がライリーから脅迫を受けたこと。

そして、リオンに迷惑を掛けられないと考え、どうすれば良いか分からなくなっていたところを、ソフィアに救われたことを打ち明けた。

「騒動を起こしたのはあたしで、ソフィアちゃんは助けてくれただけなんです。だから――」

罰を受けるのは自分だと続けようとした。けれど、そのセリフを口にする機会を失ってしまった。ソフィアがぎゅっと抱きついてきたからだ。

ソフィアはリアナの身体にしがみつきながら、クレアリディルへと視線を向けた。

「クレアお姉ちゃん、リアナお姉ちゃんは悪くないよ？」

「……ええ、分かっているわ」

ソフィアに優しく微笑みかける。そして、リアナに対しても優しい眼差しを向けてきた。穏やかなエメラルドグリーンの瞳が、リアナを静かに見つめる。

「リアナ。貴方は立派に、自分に価値があると証明して見せたわ。だから、その発展途上の胸を張りなさい」

「発展途上は関係ないですよね⁉　……って、え？　成績優秀者のこと、ですか？」

リアナを脅すのが目的だったのなら、実際には合格していた可能性は考えられる。けど、いまこのタイミングで言われるのは意外で……リアナは少し戸惑った。

そんなリアナに対して、クレアは「成績の話じゃないわ」と首を横に振る。

「本当のことを言うと、成績優秀者になるかならないかは重要じゃなかったの」

クレアリディルはウェーブの掛かった銀髪を掻き上げ、とんでもないことを口にする。

「重要じゃない……って、グランシェス伯爵領を豊かにするための人材、なんですよね？」

「そうよ。だけど、言ったでしょ。貴方が成績優秀者にならなくても、他に優秀な人間はこれからいくらでも見つかるわ。わざわざ厄介事を抱えている貴方を助ける理由にはならない」

「じゃ、じゃあ……成績優秀者になったら、あたしが迷惑を掛けた事実をなかったことにしてくれるっていうのは嘘だったんですか？」

「嘘じゃないわ。成績優秀者になれば、それを理由に周囲を黙らせるつもりだったもの」

「なら、どうしてあたしを……」

成績優秀者という肩書きが、パトリックの件と釣り合わないのであれば、クレアリディルが自分を助ける理由はないはずだと困惑する。

「理由は二つあるわ。一つは、さっきライリーに言ったこと。あたしや弟くんが必要としているのが、ただ優秀な人材じゃなくて、信用できる優秀な人材だということ」

「……あたしのことを、信用できるって思ってくださるんですか？」

「貴方は弟くんのために、危険を顧みずに貴族に噛みついた。今回も、弟くんを護るために自分を犠牲にしようとした。貴方は間違いなく、信頼できる女の子よ」

クレアリディルが穏やかに微笑む。試されていたのだと気付いたけれど、リアナが抱いたのは信頼されて嬉しいという感情で、不思議と嫌な気持ちは抱かなかった。

「ありがとうございます。これからも、クレア様の信頼に応えられるように頑張ります」

「ええ。期待しているわ。でも、理由は二つあると言ったのを忘れていないかしら？」

「そうでした。もう一つはなんでしょう……？」

「もう一つは、それ、よ」

クレアリディルはイタズラっぽく笑って腰の辺りを指差した。そこには、いまだに甘えたモードなソフィアが抱きついている。

「……ソフィアちゃんが、どうかしたんですか？」

「どうかしたのは貴方。他人を拒絶していたソフィアちゃんの心を開いたでしょ？」

「えっと……あたしは、特になにも」

謙遜ではなく、心からの言葉。

たしかに、どういう訳かソフィアに凄く気に入られているが、別になにもしていない。しいてあげるのなら、出会った頃にリアナから声を掛けたくらいである。

それを伝えると、クレアリディルは少し考えるような素振りを見せた。

「……ソフィアちゃん、もしかして？」

「うぅん、ちゃんと打ち明けたよ。ソフィアには、心を読む恩恵があるって」

「……そう。なら良かったわ」

再び、整った顔に優しい表情を浮かべた。その様子から、クレアリディルがソフィアを大切にしているのが良く分かる。

「貴方には教えておくわ。ソフィアちゃんは今でこそグランシェス家の養子となっているけど、以前はソフィア・スフィールと名乗っていたのよ」

「スフィールって……え、まさか!?」

リオンに教えてもらった最初の個人授業。

関連付けて覚えるようにと、リボンを結んでもらったときに聞かされたのが、リアナの妹と似たような妹がいるスフィール伯爵家の話だった。

「そのまさかよ。事情があって、一部の人間しか知らないことだけど、ソフィアちゃんはグランシェス家の養子になる前から伯爵令嬢よ」

「それがどうしてグランシェス家に？」

「……それは、いつかソフィアちゃんの口から聞きなさい。ソフィアちゃんが塞ぎ込んだ原因だから、あたしからは教えられないわ」

「そうですか、分かりました」

そういうことなら聞かない方が良いと思ったのだが、リアナのお腹に顔を埋めていたソフィアが、「そのことなら、もうリアナお姉ちゃんに話したよ」と言った。

「あら、そうだったのね」

「え、あれ？　えっと……あっ」

ソフィアから聞かされた言葉を思い出した。

『ソフィアのお父さんが、リオンお兄ちゃんの家族に酷いことをしたの。ソフィア、それが許せなくて、お父さんに手を上げちゃった』

まず、ソフィアの父親――つまりはスフィール家の当主がリオンに酷いことをして、ソフィアが親子喧嘩をして飛び出してきた、みたいなことを考えた。

けど、違う――と、すぐに自分の予測を否定した。

スフィール家の当主は殺されている。

グランシェス家の当主と長男が過激派を名乗る者達に殺され、それを知ったスフィール家の当主がクレアリディルを保護した。

その結果、過激派を敵に回したスフィール家の当主も殺され、その妻は心を病んで離れに引っ込んでしまった。

それが、ライリーから習ったばかりの歴史だが――グランシェス家の当主と長男は、貴族同士の権力争いで殺されたと、クレアリディルが言っていた。

そしてスフィール家の当主がリオンの家族に酷いことをしたと、ソフィアが言っていた。

更に言えば、ソフィアはそんな父が許せなくて、手を上げてしまったと言った。それに対して、リオンは凄く悲しげに、それはいけないことだと言ったらしい。

そこから考えられる答えは——まさかっ！　と、腰の辺りにしがみつく金色の天使に視線を向けると、上目遣いにふわりと微笑み返してきた。

「えへへ、殺《や》っちゃった」

「ホントに殺《や》っちゃったのっ⁉」

天使のような顔で、なんて恐ろしいことを口にするのよ。パトリックさんに迫られて怯えていたソフィアちゃんはどこに行っちゃったのよ——と愕然とした。

だけど——

「違うよ？　ソフィアが怯えてたのは、パトリックさんじゃないよ？」

「え？　でも……」

実際に後ろで震えていた。あれが笑いを噛み殺していたなんてことはありえない。もしあったら、リアナは人間不信になっていただろう。

「大っ嫌いなパトリックさんを殺したいって思ったけど、それをしたら、今度こそリオンお兄ちゃんに嫌われるかもしれないって恐くて、だから、どうしたら良いか分からなかったの」

「そ、そんな理由だったの⁉」

悪意あるパトリックに怯えていたと思っていたら、殺したら嫌われるかもだから、どうしようも出来なくて怯えていたという。

完全に予想外すぎて呆気にとられてしまった。

そんなリアナに向かって、ソフィアは無邪気な追い打ちを掛ける。

「そうして悩んでいたソフィアだけど、リアナお姉ちゃんに言われて吹っ切れたんだよ？」

「え、あたし、なんて言ったっけ？」

嫌な予感が……と冷や汗を流す。

「リオンお兄ちゃんは、心配してくれてるだけ。ソフィアのしたことは間違ってない。自分でもきっと、同じことをしていた——って、言ってくれたじゃない」

「……あ」

思わずうめき声を上げた。ソフィアが父親と喧嘩して、リオンに叱られたのだと思っていった。だから、そんな風に言った。

だけど……無自覚に伝えてしまったのは、理由があれば親殺しも許されるということ。

自分の何気ない一言が、ソフィアを吹っ切れさせてしまった。それを理解して、口から魂が出てきそうな心境。

ここでソフィアを止めないと取り返しのつかないことになると焦る。

「ソフィアちゃん、あのね、あのときは知らなくてあんな風に言っちゃったけど、どんな理由があったとしても、その……」

予想が正しければ、ソフィアの父がグランシェス家の当主や長男を殺したことになる。そんなの許されるはずがない……けど、それでも、親を殺すなんてダメだと思った。

「ありがとう、リアナお姉ちゃん」

「ど、どうしてそこでお礼を言うの？」

「リアナお姉ちゃんも、リオンお兄ちゃんと同じように、ソフィアのことを心配してくれてるから。だから、ありがとう、なんだよ？」

「いや、そうじゃなくて、あたしが言いたいのは……」

過ぎたことはともかく、もう人を殺しちゃダメだよと言うことだったのだけれど、ソフィアはリアナの内心を知った上で無邪気に微笑む。

「無駄だよ。ソフィアは心が読めるんだから。リアナお姉ちゃん、事情を知ったいまでも考えが変わってないよね？　あたしでも、きっとそうしていた……って」

「――むぐっ」

たしかにそう思っている。

もちろん、カイルは絶対にそんなことをしないと思っているけれど、もしも平民のために立ち上がってくれたリオン様やその家族を殺めたら……と、そんな風に思ってしまったのだ。

「えっと、ええっと……でもね、その……ク、クレア様ぁ……」

情けない声で助けを求めた。ソフィアを妹として可愛がっているクレアリディルなら、きっと上手く諭してくれると思ったからだ。

だけど――

「ふふっ、二人はすっかり仲良しなのね」

「いや、そうじゃなくて、ですね。ソフィアちゃんのこと、止めてください！」

「ん？　あぁ……たしかにそうね。ダメよ、ソフィアちゃん。スフィール家の一件は揉み消すのが大変だったんだから。殺るのなら、もっと上手く殺りなさい」

「そうです――って、違いますよね⁉」

クレア様のことは信じてたのに――っ！　と絶望の眼差しを向けた。

「リアナ……良く聞きなさい。このあいだも言ったけど、弟くんの理想は素敵だけど、理想だけで世の中は回らない。ときには、冷酷な決断を下すことも必要なのよ」

「そんなことは……」

「ないと思う？」

「……いえ」

子供が口減らしに売られるのは、そうしなければ皆が共倒れになってしまうから。大多数を救うためには、一部を犠牲にすることも必要。

それは悲しいけれど、農民にとっては当たり前の考えでもある。

リアナはそれが嫌だから抗い、皆を助けようとするリオンの考えに感動したのだが……クレアリディルの言っていることを理解できない訳ではない。

「そんな顔をしなくても、弟くんの考えを否定している訳じゃないから安心しなさい。ただ、理想に至るまでには、綺麗事だけじゃ済まないってこと」

「……それは、分かります。でも、ソフィアちゃんがしなくても……」

「そうね。ソフィアちゃんである必要はないわ。だけど、あたしやソフィアちゃんは、その役をしたいと自らの意志で前に進んだ。それを、貴方が止めるのが正しいと言えるかしら？」

「それは……でも、今回の件は騒ぎになりますよね？」

ライリーの一件が表沙汰になれば、間違いなくリオンの管理責任が問われる。そして、パトリックがつけいる隙となるだろう。

そう思ったのだけれど、クレアリディルはクスクスと笑った。

「グランシェス家とスフィール家の件、どうして表沙汰になっていないのか考えてみなさい」

「……え？　それって、まさか⁉」

「パトリックの件は無理だったけど、今回の件が明るみに出ることはないわ。そうね、ライリーはグランシェス領の誰も知らない——どこかに派遣されたことになるでしょうね」

クレアリディルは翡翠の瞳を冷たく輝かせて微笑む。

その言葉に隠された意味を理解して、ゴクリと生唾を飲み込んだ。

グランシェス家の暗部。それに触れて恐怖を抱かなかったと言えば嘘になる。だけど、どちらかと言えば、ソフィアがお咎めなしと分かってホッとした気持ちの方が強かった。

「えへへ、だから、リアナお姉ちゃん大好き」

ソフィアが抱きついてくる力を強める。いきなりどうしたんだろうと、そこまで考え、自分がずっと心を読まれていたことに気がついた。

「……嫌だった？」

「嫌じゃないけど……困ったりはするかも」

嘘はなにも悪い嘘だけじゃない。村に残してきたアリアについた嘘のように、相手を思い遣る嘘も存在している。それが通用しないのは困るなぁ……と思ったのだ。

なぜだか、ソフィアはリアナの胸に顔をこすりつけて嬉しそうにしているが。

「……というか、ソフィアちゃんって貴族だったんだよね？」

「そうだよぉ？」

「あたし、こんな風に、普通に接しても良いのかな？」

クレア様に接するみたいにした方が良いのかなと少し考える。その瞬間、ソフィアが少し不安そうな顔で見上げてきた。

「ソフィアはいままで通りが嬉しいんだけど……ダメ、かな？」

「ううん、ダメじゃないよ。……分かった。これからもよろしくね、ソフィアちゃん。それと、助けてくれてありがとう。本当は、あんまり無茶して欲しくないんだけど……」

「言ったでしょ。リアナお姉ちゃんのことは、ソフィアが護るって」

「……だよね。分かった。なら、ソフィアちゃんのことは、あたしが全力で護るね」

ソフィアに比べたらなんの力もないが、それでも精一杯、友達を護ろうと誓う。

「ふふ、本当に仲良しね」

「あ、その、ごめんなさい」

クレアリディルと会話中だったことを思い出して恐縮する。

「良いのよ。ソフィアちゃんと仲良く出来る子は貴重だから」

「……そう、なんですか？」

「ええ。心を読めるソフィアちゃんに、うわべの――気遣いという名の優しさは通用しない。そんなソフィアちゃんの心を開くことが出来るのは、ごくごく一部の人間だけなのよ」

「……なる、ほど？」

妹と似た可愛い女の子がいたから仲良くしたいと思っただけ。それを評価されても……と、困惑してしまう。

「分かってないみたいね。でも、そういう貴方だから、ソフィアちゃんに気に入られたのかもしれないわね。これからも、仲良くしてあげてね」

「それは、もちろんそうしたいですけど……」

ライリーの件が闇に葬られるのだとしても、リアナが騒ぎを引き起こした事実は変わらない。なんらかの責任を取らされるのではと心配する。

「大丈夫よ。貴方はもう立派なあたし達の仲間よ」

「それじゃ、学園には……」

「もちろん、いままでと変わらず通ってもらうわ。それに、貴方が困ったときは、あたし達が助けてあげる。その代わり、あたし達が困ったときは、貴方が助けてちょうだいね？」

「クレア様……はい、クレア様やリオン様のために全力で頑張ります！」

レジック村や妹を救うためには、リオンについていくのが一番だと考えて力強く頷いた。そんなリアナを前に、クレアリディルが微笑を浮かべる。

「そう言ってくれると信じていたわ。それじゃ、さっそくだけどお願いするわね」

「…………へ？」

「実はパトリックが領内であれこれやってくれちゃって困ってるのよ。だからそれを解決するために、信頼の出来る生徒が必要だったの。もちろん、協力してくれるわよね？」

意味深な表情。まるでいままでのやりとりはすべて、その要求を通すためだったと言わんばかりの雰囲気。その言葉を聞いたリアナは――

「ありがとうございます、クレア様」

深々と頭を下げた。

「……ふぅん、どうしてお礼を言うのかしら？　あたしは別に、お礼を言われるようなことをした覚えはないのだけれど？」

問いかけられて、クレアリディルをまっすぐに見据える。リアナの視線を受け止めるクレアリディルは、どこか楽しそうな顔をしていた。

「あたしは、リオン様やクレア様にご迷惑を掛けたことを後悔していました」

「そのことなら、貴方は自分の価値をあたしに認めさせたことで不問にすると言ったわよ？」

「ええ。でも、あたしが迷惑を掛けた事実は変わりません。だから、あたしに名誉挽回の機会をくださったことが嬉しくて。だから、お礼を言ったんです」

「……ソフィアちゃんが気に入るはずだわ。貴方もいつか、あたし達と姉妹になるかもしれないわね」

「……えっと、その姉妹というのは？」

前にも言われたけれど、貴族の養子と言うことなのだろうかと首を傾げる。

そんな疑問に返ってきたのは「ソフィアちゃんが作った部活のメンバーのことよ」と意味の分からない答えだった。

「そっちの説明は後。まずは、パトリックの件ね」

「そ、そうでした。一体なにが起きているんですか？」

「実は、パトリックがグランシェス伯爵領の各地で暴動を起こそうと扇動しているのよ」

それを聞いた瞬間、リアナは自分もパトリックを殴っておけば良かったと悔やんだ。

― 6 ―

学生寮にあるホールの横にある控え室。パトリックのやらかした一件に対処するため、生徒であるリアナ達が集められていた。

今日はいつもの制服姿に加えて、薄い化粧やアクセサリーでその身を着飾っている。

なお、アクセサリーや化粧品はアリスブランドと呼ばれる、アリスティアの作った商品で、学生達は格安で使用することが出来る。

貴方達には、アリスブランドの広告塔になってもらう――とはアリスティアの言葉。

当初は言葉の意味を理解できなくて、使用を遠慮していた。けれど教育を受けることで、その意味を少しずつ理解し、いまでは積極的に化粧品を使用している。

――そもそも、リオンに対する貢ぎ物として選ばれた娘達はもとから、村娘としては顔立ちが整っていた。そんな娘達が、サラサラの髪とつやつやの肌を手に入れ、この時代ではありえないレベルの化粧を施し、美しい洋服やアクセサリーを身に着けている。

ミューレ学園の学生はいまや、この世界において屈指の美少女集団と化していた。

ちなみに、美少女へと変貌したのはともかく、なぜそんなにおめかしをしているのか。それは、パトリックがやらかしたことに対処する必要があったからだ。

パトリックがやらかしたこと、それは――グランシェス伯爵領の村々に、ミューレ学園やリオンの悪い噂を流しまくるという所業だった。

噂の内容は、リオンが領地のお金を使って贅沢三昧をして、更には集めた子供達に虐待をしているという根も葉もないデマ。

だけど、情報伝達速度が遅いこの世界において、村人が真実を確認する術はない。

村人は言葉巧みにデマを信じ込まされて、各地でいつ暴動が起きてもおかしくないくらい緊張が高まっているらしい。

リオンはその対策として、娘達の親を呼び寄せることを決断した。

いわく、授業参観をして、親の理解を得る作戦――らしい。

リアナが任されたのはその先駆け。生徒を纏めて、ケンカ腰でやってくるであろう親たちと対面し、誤解を解いてなだめるというもの。

失敗をしたら暴動になりかねない大役を任されたのだが……気負っている生徒は一人もいない。非常に重要な役割でありながらそんな態度でいられるのは、やるべきことが明確で簡単。

自分達が虐待なんてされていなくて、充実した日々を送っている。その事実を、家族に説明して信じてもらうだけだからだ。

――という訳で、控え室の隣にあるホールには、リアナ達の家族が集まっている。扉の側にいるリアナには、ホールから声が聞こえてきた。

「見ろよ、この豪華なお屋敷を！」

「やっぱり、領民から集めたお金で贅沢三昧というのは本当だったのよ！」

「娘は、俺の娘はどこだ！」

貴族にそんな口を利くなんて殺される――といった感じの心配はしていない。今回の件で村人達が言ったことはすべて不問にすると、事前にリオンから聞かされているからだ。

ただし、そのやりとり聞いているリアナ達は、なんとも言えない表情を浮かべている。

自分達を心配しての言葉だとは分かっているが、リオン達に詰め寄る姿が、この学生寮に来た日の自分達を見ているようで微妙な気分になったからだ。

そうして羞恥に耐えていると、ほどなく合図が送られてきた。それを確認したリアナは他の生徒達と頷きあい、扉を開いてホールへと足を運ぶ。

ざわめく親達を横目に、リオンの背後へと整列する。最前列に父親の姿を見つけたリアナは嬉しいやら恥ずかしいやら。

……いや、やはり嬉しい――と思った。色々あったけれど、もう二度と会えないと思っていた父と、こうして再会することが出来たのだから。

「どうだ、お前達の娘はちゃんと、元気でやっているだろう？」

「……娘？　なにを言っているんですか？」

カイルが皆を代表するように口を開いた。どうやら、この集団の中に、自分の娘がいると思ってもいないようだ。

そんな中、クラスメイトの一人が前に進み出ると、カイルの隣にいた男の手を掴んだ。

「お父さん、私だよ」

「まさか……ルミナか⁉」

「うん、久しぶりだね」

「おぉお、ルミナ！」

親子が再会の抱擁を交わす。それを切っ掛けに、一組、また一組と親子が再会する。そんなさなか、リオンに手招きをされて、カイルと向かい合うように立った。

「ほら、あんたの娘のリアナだぞ」

「……お父さん、久しぶりだね」

目が合ったので微笑みかけた。しかし、カイルは答えず、リオンに半眼を向けた。

「リオン様、このように美しい娘を私の娘だなどと、いくらなんでも無理があるのではないですか？　私の本当の娘に会わせてください」

「……はぁ？」

思わず呆れ声を上げてしまった。リアナの心境はまさに、あたしと目が合ったばかりか、声まで聞いたのになに言ってるの？　だった。

「ええっと、彼女がリアナ、あんたの娘なんだけど？」

「はっはっは、なにをおっしゃいます。うちの娘は髪がボサボサで、肌は小麦色に日焼けしていて、もっと……そう、がさつで野暮ったい田舎娘――がはっ⁉」

カイルは腰を折ってくずおれた。イラッとしたリアナが回し蹴りを放ったからだ。

「ぐぉおぉ……このがさつな態度は、まさか……リアナ、リアナなのか⁉」

「うっさいっ！　顔や声で分からなかったのに、蹴られて気付くってどういうことよっ⁉」

ちょっとでも父との再会に感動した自分が馬鹿だったと真っ赤になる。周囲からの――特にリオンからの同情するような視線が物凄く恥ずかしかった。

しかし、とうのカイルの方はいまだに信じられないといった面持ちだ。

「……どういうことだ。リアナ。お前がどうしてそのような恰好をしているのだ？　もしかしてそれは、愛人に与えられる証かなにかなのだろうか？」

「ち、違うよ。これは、ミューレ学園の制服だよ！」

「ミューレ学園？」

なんだそれはとばかりに首を捻る。そんなカイルの姿を見て、その説明もまだだったんですか？　という意味を込めてリオンに視線を向けた。

「この建物を見て、俺の噂をすっかり信じてしまったようでな」

あぁ……と、思わず苦笑いを浮かべる。

「お父さん、それに他のみんなも聞いて！」

リアナは自らの役割を果たすべく、フロア全体に聞こえるように声を張り上げた。カイルはもちろん、娘との再会を喜んでいた者達もリアナに注目を始める。

「みんなの村で、リオン様の悪い噂が広がってるんだよね。でも、それはみんな嘘だから」

「……嘘？　お前はリオン様の噂がすべて嘘だというのか？」

「うん、悪い噂はぜぇんぶ、嘘だよ」

きっぱりと答えるが、皆の反応は思わしくない——どころか、疑いの眼差しを向けられた。

「ならば、このお屋敷はなんだ。どう見ても贅の限りを尽くしているではないか」

「この建物は、みんなが思ってるほどお金は掛かってないんだよ。もちろん、大きな建物だから、安いなんてことはないそうだけど、コストパフォーマンスは凄く良いんだって」

「……なにを言っているんだ？」

困惑するような視線が集まるが、かまわず話し続ける。

「たとえば、あの窓に使われているのは透明なガラスなんだけど……金貨数十枚でも買いたいって人はいるらしいよ」

「——金貨数十枚っ⁉」

親たちが一斉に驚きの声をあげる。ここにいる親たちの年収をすべて併せても買えるかどうか分からないのだから、驚くのは無理もないだろう。

だから——

「ここにいるみんな、あのガラスの作り方を習ってるんだよ。そのうち、レジック村のみんなにも、作り方を教えてあげるからね」

続けられた言葉を即座に理解できる者はいなかった。たっぷり数十秒ほど経って、ようやくカイルが目を見開いた。

「ま、待て、リアナ。いま、なんと言ったのだ？」

「だから、ガラスの作り方を習ってるから、覚えたらみんなにも教えてあげるって」

「……いや、いやいや。作り方を習っているというのは……理解できる。しかし……」

カイルが思い浮かべたのは、リオンがガラスの作り方を発見し、それを量産して商売をするために娘を集めたというケース。

そうであれば、作り方は部外秘のはずだと考えたのだ。

村長として、ほかの者よりも少しだけ学のあるカイルはその可能性に至り、更にはリアナが秘密を護れるか、この場で試されているのかもしれないと危惧する。

そして、もしそれが事実であれば、リアナが秘密を打ち明けてしまった時点で、ここにいる者全員が生きて帰れなくなる――と肝を冷やす。

「習ったのはガラスの作り方だけじゃないんだよ。他にも小麦を豊作にする方法とか、あたし達が着てるような服の生地の作り方なんかも習ったの」

「なっ、そんな技術まで……」

ちなみにカイル自身、村の畑に灰や腐葉土を混ぜるように指示されているのだが、まじない程度の認識しか持っていない。

ゆえに、知らないあいだに娘がとんでもない機密情報を扱っている――と冷や汗を掻いた。

「そうそう。それでね。いますぐ役に立つ、豊作にする方法が――」

「まっ、まままっ、待つんだリアナ！」

思わず口を塞いだのだが、「なにひゅるの――っ」と、怒ったリアナに手のひらを噛まれて、

「ぎゃあああっ」と悲鳴を上げて手を放してしまう。

「な、なにをするんだ、リアナ！」

「それはこっちのセリフだよ！　せっかく、豊作にする方法を教えてあげようとしてるのに、口を塞ぐってどういうことよっ！」

「リ、リアナ！」

とっさに遮るが、リアナは秘密を守るつもりがないと宣言してしまった。こうなっては許しを請うしかないと、「い、いまのは違うんです！」と、リオンに捲し立てる。

「……良く分からんが、授業参観は明日からの予定だし、部屋もそれぞれ用意してある。積もる話もあるだろうから、ゆっくり話すと良い」

「――は？　えっと、それだけ、ですか？」

「うん？　あぁ、俺は席を外すから……そうだな、後の説明はそれぞれに任せる。それと、娘を心配するあまりに口にした言葉はすべて不問にするから心配するな」

リオンはそういって、フロアから立ち去っていった。

それを、リアナ達生徒は一斉に頭を下げて見送る。だけど、いままさにリアナが失言したと思っていたカイルは呆気にとられた。

「……ど、どういうことだ？」

「あのね、リオン様に頼まれたの。お父さん達が悪い噂を信じているから、誤解を解く手伝いをして欲しいって」

「い、いや、それもそうだが……リアナ、さっきの色々な作り方は、秘密にするように言われていたのではないのか？」

「……秘密？　うぅん、そんなことないよ。むしろ、あたし達が、村のみんなに伝える役目を負っているんだよ？」

「は、はぁ……？」

お前はなにを言っているんだといった面持ちのカイルを見て、リアナは苦笑いを浮かべた。

「そうだよね、普通はそういう気持ちになるよね。あたしも最初は同じような気分だったよ」

「……なら、すべて事実だというのか？」

「うん。ひとまず……そうだね。色々案内しながら説明してあげる」

そういって歩き始める。

カイルは、ほかの者はどうするんだろうと周囲を見たが、それぞれが個別に自分の娘と話しているのを見て、リアナの後を追いかけることにした。


「しかし、本当に立派なお屋敷だな。勝手に歩き回っても叱られないのか……？」

目的地に向かって廊下を歩くリアナの後ろを、カイルが不安そうについてくる。それを聞いてある事実に思い至ったリアナは、肩越しに振り返ってイタズラっぽい笑みを浮かべた。

「お父さん。一つ誤解してるみたいだから、面白いことを教えてあげるね」

「……面白いことだと？　なんだそれは」

「ここ、リオン様のお屋敷だと思ってるでしょ？」

「もちろんだが……それがなんだというんだ？」

「違うよ。ここはリオン様のお屋敷じゃないよ」

「リオン様のお屋敷じゃない？　なら、ここはなんだというのだ？」

「ここは――あたし達が暮らす学生寮だよ」

「……………………は？」

カイルが間の抜けた顔をするのを見て、イタズラが上手くいったとクスクス笑う。そうして、リアナはとある部屋の前で足を止めた。

「それで、ここがあたしの部屋、だよ」

扉を開け放って、カイルを部屋の中へと案内する。

「……いや、お前……いくらなんでも、これはないだろう。もしかして、そういう体で俺達を説得するように脅されているのか？」

「違うってば。ほら、あたしが村から出るときに着てた服もあるでしょ」

この状況で脅されているもなにもないのだが、信じられないのも無理はないと、クローゼットにしまっていた服を取り出して見せた。

「たしかにお前の服のようだが……」

「服があるからと言って、あたしの部屋とは限らない？　言いたいことは分かるけど、この場であたしが嘘をつく理由なんてないでしょ？　他に誰もいないんだし」

「……それは、そうだな。なら……本当に、ここで暮らしているのか？」

「うん。それもあたしだけじゃなくて、ミューレ学園の生徒はみんなここで暮らしてるよ」

「……はぁ、もはやなにがなにやら分からん」

カイルは思わずといった感じで、側にあった椅子に腰を下ろした。それに併せ、テーブルを挟んで向かいの席へと腰掛ける。

「お父さんの気持ちは良く分かるよ。でも、リオン様は噂のように悪い人じゃないから」

「……そう、なのだろうな」

「あれ、それはすぐに信じるんだ？」

「もし噂通りの人物なら、面と向かって暴言を吐いた時点で殺されていただろう」

「……あぁ、そうだね」

リオンは絶対にそんなことはしない。でも、カイル達はそれを覚悟の上で、リアナ達の心配をして駆けつけてくれたのだと気付いて熱いものがこみ上げてきた。

「しかし、ますます持って分からん。噂が間違っているというのなら、なぜあのような噂が流れているのだ？」

「うん、それなんだけど……」

詳細は伏せて、リオンをおとしめようとしている者がいることを打ち明けた。

「噂はその者達が流したというのか？　しかし、悪評は何年も前から流れているぞ？」

「そっちは良く知らないんだけど、リオン様はお手つきになったメイドの子供だから……」

正妻の血が流れていない次男が優秀だと、困る者がいたという話。この学園で学んだことやメイド達の噂話から、その可能性に思い至っていた。

「なるほど、そういうことか。では、本当に酷い目に遭わされていないんだな？」

「うん。それどころか、美味しいご飯に、暖かい部屋。お風呂にまで入れるし、凄くすっごく幸せな毎日を送っているよ」

「そう、か……良かった。本当に良かった……」

カイルは手で顔を覆って、どこか泣きそうな声で安堵の言葉を繰り返した。どうやら、リアナが幸せに暮らしているのだと理解してくれたようだ。

安堵すると同時に、自分がどれだけ愛されていたのかを理解する。

「……お父さん、心配掛けてごめんね」

「いや、良いんだ。お前をここに送り出したのは俺だからな。本来なら心配する権利もないのだろうが……お前まで酷い目に遭っているかと思うと、いてもたってもいられなかったのだ」

「……え？」

力ない独白を耳に、びくりとその身を震わせた。そうして、「いまのって、どういう意味？」と視線を向けると、カイルは苦渋に満ちた顔をしていた。

無知で無力な村娘は妹を救いたい　1

学生寮にある自室で、リアナは不安げにカイルを見つめた。

リオンが噂のような悪人ではなく、リアナは酷い目にあったりしていない。それを知って安堵したはずのカイルが『お前まで――』と不安な言葉を口にしたからだ。

「お前までって……どういうこと？」

「いまのは……その、忘れてくれ」

「そんなの出来るはずないでしょ！　どういうこと!?　アリアになにかあったの？　ねぇ、そうなんでしょ、お父さん！　お父さんってば！」

席を立ったリアナはカイルの肩を掴み、その身を激しく揺する。

「おちっ、落ち着けっ。分かった。話す、話すから！」

「……だったら早く教えて。一体なにがあったの？」

「アリアが再び発作を起こしたのだ」

「やっぱり……っ」

アリアは幼少期から病弱で、たびたび発作を起こして倒れることがあった。そして、発作は倒れるたびに酷くなっている。前回の発作よりも酷い発作が起きたのだとしたら……

「……アリアは、アリアはどうなったの？」

「幸いにして、今回は一命は取り留めた。今すぐどうと言うことはないが、次の発作は乗り越えられないかもしれない」

「……あぁそんなっ。アリア――っ」

自分が慰み者になってでも助けようとしたアリア。そのアリアがもう長くないと聞かされたリアナはふらふらとあとずさり、自分の椅子にへたり込んだ。

「すまない。お前には黙っておくべきかとも思ったのだが……」

「そう、だね……」

リアナが一生お屋敷から出ることがなければ、知らない方が幸せだったかもしれない。けれど、リアナの役目はミューレ学園で身に着けた知識を各村に伝えること。

いつか必ず、村を救うために凱旋するつもりだった。もしそのとき、すべてが終わっていることを知ったら、リアナは一生悔やみ続けただろう。

だから――

「教えてくれてありがとう、お父さん」

「いや、良いんだ。……しかし、どうするつもりだ？」

「どうする……って？」

「リオン様は噂のような悪人ではなかったのだろう？　だとすれば、帰りたいと願えば、帰ることも出来るのではないか？」

「それ、は……」

幸いと言うべきか、カイル達は数日滞在した後、村に送り帰されることになっている。リオンにお願いすれば、自主退学して帰ることが出来るかもしれない。

許されれば、アリアが亡くなるその日まで、側にいることは出来る。

けれどその場合、自分の力でアリアや両親、そして村のみんなを救うという夢は諦めることになる。様々な知識を身に付けるという目標を達することが出来なくなってしまう。

だけど、このまま夢を目指しても、夢を叶える前にアリアが死んでしまう。

アリアの側にいて夢を諦めるか、夢を目指してアリアの側にいることを諦めるか。どちらにしてもアリアを救うことは叶わず、夢も完全な形では叶えることが出来ない。

「……リアナ、良く聞きなさい。お前はもう、十分すぎるほど、わしら——とくに、アリアのために尽くしてくれた。もう、自分の幸せを追いかけても良いんだぞ？」

諭すように語りかけてくるカイルに対し、きっぱりと首を横に振った。

「アリアはもちろん、お父さんやお母さんも大切。だから、あたしは自分の幸せを犠牲にしてる訳じゃないよ。ただ……ミューレ学園に通い続けることは、レジック村みんなのためになるって信じてるの。だから、どうすれば良いか分からなくて……」

「そう、だったのか。ならば、後悔しないように考えなさい」

「そう、だね……」

カイルが村に帰るまでに、身の振り方を考えなくてはいけない。どうすることが正しいのか、リアナは必死に思いを巡らせた。

親達は学生寮で一泊。寮の食事や大きなお風呂、更には足湯などなど、農民には決して味わうことが出来ないような体験をして幸せそうな顔をしている。

そんな中で開催されたのは授業参観。

親に授業風景を見せつつ、農業を始めとした知識の有用性を伝える。そうして、生徒達が村に凱旋したとき、村が各種技術を取り入れるよう、意識的な下地を作る。

それが、リアナ達生徒に課せられた使命で、みんなはそれを実践しているのだが……リアナは朝から元気がなく、失敗ばかりしていた。

どうすれば良いのか、どうしたら良いのか……それさえ見つけることが出来れば走り出すことが出来る。だけど……いまのリアナはそれが分からない。

答えの出ない袋小路にはまり込み、ずっと泣きそうな顔をしていた。

そうして、暗い表情のまま授業を受けること半日。昼休みになって、それぞれが親を連れて食堂へと向かう。リアナもそうするべきだと席を立ったのだが——

「リアナ、ちょっと来てくれ」

廊下に出たところでリオンと出くわした。

「……え、リオン様？　あたしになにか用ですか？」

「良いから、ちょっとこっちにこい」

リオンが有無を言わせぬ様子で手を掴んできた。そうして、カイルへと視線を向ける。

「娘を借りていくぞ」

「え？　はぁ……それは、もちろん、かまいませんが……？」

「ティナ、カイルさんの案内を頼む」

リオンが側にいたティナへと合図を送った。

「お任せください、リオン様。……リアナも、こっちは大丈夫だからね」

様子がおかしいことに気付いていたのか、ティナは目配せを一つ。「こっちです」とカイルを食堂の方へと引っ張って言ってしまった。

「ほら、リアナはこっちだ」

「え、あの……？」

「良いからついてこい」

良く分からないが、リオンに腕を引かれてついて行く。そうして連れてこられたのは、近くにある自習室。先日、愛人になれと、ライリーに迫られた場所だった。

「リ、リオン様、まさか……」

「あぁ、リアナを見て、居ても立ってもいられなくなってな」

「ふえぇっ!?」

まさかとは言ってみたものの、実際にそうだとは夢にも思っていなかった。壁際にまで後ずさるが、リオンはその距離を容赦なく詰め寄ってきた。

そして——

「リアナ、俺の目を見てくれ」

どん……と、リオンが壁に手をついた。

まさに壁ドン。至近距離から顔を覗き込まれて真っ赤になった。

「あ、あぁぁっ、あの、リオン様!? ダ、ダメです。アリス先生達に怒られます！」

「アリスが怒る？ 馬鹿言うな。俺がリアナを放っておいた方があいつは怒る」

「えぇっ!?」

リオンの恋人と噂のアリスティア。他にもソフィアやクレアリディル。ミリィといった恋人らしき存在がいる。それだけいる時点で今更かもしれないが——

そんなそうそうたるハーレムメンバーに、自分が入るなんてありえないと焦る。

「リアナ、頼む。お前の気持ちを教えてくれ」

「そ、それは……その、えっと……その……きゅ、急に言われても困ります」

真っ赤になりながら、消え入りそうな声をこぼした。

「分かるよ。それだけ落ち込んでいるんだ。よほど辛いことがあったんだろう。でも、俺はリアナのことが心配なんだ。いや、俺だけじゃない。ソフィアやティナ達も心配している。だから、なにをそんなに落ち込んでいるのか教えてくれ」

「………………へ？」

思わず間の抜けた面をさらした。

しかし、それも無理はないだろう。ハーレムに勧誘されていると思ってテンパっていたら、落ち込んでいる自分を見て心配されていた。

自分がとんでもない誤解をしていることに気付いてしまったのだから。

「……なんだ、そんな顔をして。やはり、俺じゃ頼りないか？　クレアねぇやアリス、もしくはソフィアの方が相談しやすい内容であれば、代わりに呼んでくるけど」

「い、いいいえっ、大丈夫です！」

心を読めるソフィアはもちろん、アリスティアやクレアリディルも察しが良い。事情を説明すると、どんな勘違いをしていたか気付かれそうと慌てる。

ただ、アリアのことは本当に悩んでいる。どうするのが正しいかまだ決めかねているけれど、一度リオンに話してみようと思った。

「その、あたしには病弱な妹がいるんです」

ぽつりと口にした瞬間、リオンは目を見開いた。それはほんの些細な変化だったけれど、いまだ壁ドンをされている状態のリアナは気付くことが出来た。

「……リオン様？」

「あぁ……いや、なんでもない」

リオンは離れて咳払いを一つ。「それで、その妹がどうしたんだ？」と尋ねてきた。

「発作を起こして倒れたって。以前から発作を起こすことがあったんですけど、少しずつ症状が悪化しているようで。次は危ないって……」

「そう、だったのか。なら、すぐに会いに行ってやらないとな」

リオンがさも当然のように言い放った。その言葉が予想外で目を見開いた。

「……どうした、そんな顔をして。見舞いに行きたいんだろ？」

「いえ、それは……行きたいとは思っていますけど……」

「なら、なにを迷うことがある。妹が大切じゃないのか？」

「――大切に決まってるじゃないですか！　……大切だから、悩んでいるんです」

反射的に声を荒げてしまってから、恥じ入るように声のトーンを落とした。自分がなんの非もないリオンに八つ当たりしていると気がついたからだ。

「ごめんなさい。でも、妹が大切だから、どうしたら良いか分からないんです」

「……大切だから、どうしたら良いか分からない？」

「はい。その……あたしがここに来たのは、妹の身代わりだったんです」

「……身代わり。あぁ……俺の慰み者にされると思ってたからか」

リオンが苦笑いを浮かべる。

リアナとしても、悪い噂の絶えない当主代理に妹を任せられないと思った――なんてぶっちゃけられない。ましてや、リオン様のことを知ったいまは、そんなこと思ってませんよ――なんて、パニクったティナの二の舞になるつもりもないと無表情を貫いた。

「あたしは、領民みんなの幸せを考えてくださっている、リオン様の構想は素晴らしいと思いました。だから、リオン様に一生ついていこうと思ったんです」

「だから、村に帰ることを躊躇ってるのか？」

「少し違います。あたしがリオン様についていこうと思ったのは、妹の幸せに繋がると思ったから。あたしは妹やみんなのために、ミューレ学園で学んでいるんです」

「……なるほど、二律背反、か」

「え、なんですか、それは？」

聞いたことのない言葉に首を傾げる。

「大雑把に言うと、相反する二つの命題が両立している状態だな」

「矛盾みたいなものですか？」

「大雑把に言えばそうだ。リアナは学園で学び続けることが妹のためだと考えている。そして、妹の側に駆けつけることもまた妹のため。どちらも妹のため。だけど同時に、どちらも妹のためにならない行為でもある……だろ？」

「……あ、そうです。その通りです」

自分の悩みを正確に言い当てられ、コクコクと頷く。

「そう言うのは、どっちかって考えた時点で袋小路だ。そういうときはブレイクスルー、その枠組みから抜け出して答えを見つけるんだ」

「……枠組みから抜け出す？」

「ああ。という訳で——行くぞ」

「……へ？」

どこに？　なんて当たり前のセリフを吐く暇すらなかった。リオンに手を掴まれ、有無を言わせぬ勢いで自習室の外へと連れ出されてしまったからだ。

「あ、あの、リオン様？」

廊下を引きずられるように歩きながら、事情を伺おうとする。

けれど――

「悩んでるなら、まずはお見舞いをしてから決めろ。――ミリィ！」

「こちらに」

「――うわぁっ!?」

一体いつの間にそこにいたのか、すぐ隣で返事をするミリィに気付いて飛び跳ねる。

「カイルさんを呼んできてくれ。それと、馬車の用意を」

「かしこまりました」

勢いに飲まれて口を挟めない。そうしてあれよあれよと状況は進み、リアナはいつの間にか、リオンやカイルと共に馬車に乗せられていた。

―― 2 ――

晴れやかな日の昼下がり。踏み固められた道を進む団体が一つ。護衛の騎士などが同行する馬車の中で、リアナはただひたすらに恐縮していた。

向かっているのはリアナが生まれ育ったレジック村で、父であるカイルも同席している。

ここまではまだ分かる。

学園を辞めるかどうかは保留で、まずは妹に会いに行くべきと配慮してくれたリオンに感謝すらしている。だけど……だけど、だ。

斜め向かいにはミリィ。そして、正面には――

「あの、どうしてリオン様が同席しているんですか？」

勇気を出して疑問を口にした。

「なんだ、俺がいたら迷惑なのか？」

「いえ、まさか！　でも、その……リオン様はグランシェス伯爵家の当主ですし、どうして同行してくれているのかなって思いまして」

「ただしくは当主代理だな。それに補佐にはクレアねぇがいるからな。多少の融通は利くんだ。でもって、同行しているのは、病弱な妹を心配するリアナに共感したからだ」

「……共感？　ソフィアちゃんのこと、ですか？」

リオンの兄弟は、姉であるクレアリディルと、死んだ兄だけと聞いている。だから、妹と聞いて、ソフィアという結論に至ったのだけれど――リオンは首を横に振った。

「もちろん、ソフィアも可愛い妹だけど、病弱じゃないだろ？」

「それは……そうですね」

黙っていれば儚げな天使に見えるけれど、その正体は獣の類いである――なんてソフィアが聞いたら頬を膨らませそうなことを考える。

もっとも、あの戦闘力を考えれば、それでも控えめな表現なのだけど。

「でも、それじゃどうして共感、なんですか？」

「俺は妹や親を病気で失ったんだ。だから、リアナの妹が倒れたって聞いて、いてもたってもいられなくてついてきたって訳だ」

「……え？　でも、リオン様の家族は……」

お手つきになったメイドの行方は聞いたことがないので、そちらが病死したという可能性はある。けれど、父親である当主は殺され、妹は最初からいないはずだ。

だが、愁いを帯びたリオンの瞳は嘘をついているように見えない。なにか、自分には知り得ない壮絶な過去があったのかもしれないと思った。そして、そんな予想を肯定するかのように、横で話を聞いていたミリィが憂い顔で「リオン様……」と呟く。

「そんな顔をするな。遠い……遠い世界の話だ。今はミリィ達がいるから……そうだろ？」

リオンが重い空気を振り払うように言い放った――のは良いのだが、同時にミリィの手を握りしめていた。

「リオン様……」

「こんなときくらい、リオンって呼んでくれ」

「……そうね、リオン。子供の頃に約束したとおり、私はいつだってあなたの味方で、これからもずっと側にいるわ」

「……ありがとう」

ゴトゴトと揺れる馬車の中、リオンとミリィが静かに見つめ合う。
リ、リオン様、どうしてそこで、ミリィ先生と良い雰囲気で、あまつさえ手を握っちゃってるんですか!? アリスさん達に怒られますよ!?
――と、はからずも向かいの席で見せ付けられて心配をする。

なお、いまは亡き当主のお手つきになったというメイド、リオンの母親は非常に若作りで、いまも意外と――というか、驚くほど近くにいたりするのだが……リアナは気付かない。

なんとなく面白くなくて唇を尖らせた。


――それから、馬車で揺られること二日。

午後になって、リアナ達一行はレジック村へと到着した。そうして村の中程で馬車が止まると、リアナの母親であるルーシェが飛んできた。

「あなた、リアナは、リアナは無事だったの!?」

ミリィ、そしてリオンに続いて降りたカイルに詰め寄る。

「大丈夫だから落ち着け」

「大丈夫って、無事と言うこと？　リアナは無事だったの⁉」

興奮したルーシェはぐいぐいと詰め寄る。

「無事だから落ち着け。リオン様が同行しているんだ！」

「そうだよ、お母さん。あたしは無事だから落ち着いて」

「その声はリアナ――の、お姉さん？」

声を聞いて即座に反応。ミューレ学園の制服を身に着けるリアナを見たルーシェは首を傾げた。その反応を見て思わず顔を覆う。

「まったく気付かなかったお父さんよりはマシかもしれないけど……あたしにお姉ちゃんはいないでしょ？　どうしてそんな反応になるのよ」

「えっと……なら、本当にリアナなの？」

「そうだよ、お母さん。ただい――うわっ」

みなまで言うより早く、ルーシェにぎゅうううっと抱きしめられてしまった。リオン様が見てるのに――とか、アリアの様子は――とか、色々と思うことはあるのだが……

「……ただいま、お母さん」

熱いモノが込み上げ、母親の身体をぎゅっと抱き返した。

そうして十秒か数十秒か、母との再会を終えたリアナは身を離し「ところでお母さん、アリアは部屋にいる？」と真剣な顔で尋ねた。

「……ええ。アリアなら部屋で寝ているわ」

「ありがとうお母さん。……リオン様、さっそくアリアのお見舞いに行ってきますね」

「あっと……良かったら俺もついて行って良いか？」

「もちろんです。それじゃ、こっちです」

リアナは、リオンの手を掴んで部屋に案内しようとする。

「ちょ、ちょっと待ちなさい。その人は一体……」

「急いでるから、詳しくはお父さんに聞いて！」

カイルに後のことを丸投げして、リオンの手を引っ張っていった。


そしてアリアの部屋の前――といっても、お屋敷のように明確な扉がある訳ではないので、文字通り部屋の一歩手前で足を止める。

「ここがアリアの寝ている部屋です」

「そうか。ところで……」

なにか言いたげに視線を下ろす。その視線をたどると、リオンの手をぎゅっと握りしめている自分の手が視界に映った。

「ご、ごめんなさい！」

慌てて手を放して真っ赤になる。

そして「いまのは違うんです！　ただ、案内するのに掴んだだけで——って、その、嫌って訳じゃなくて……って、あたしなにを言ってるんだろ！」と、慌てふためく。

「……その声は、お姉ちゃん……っ？」

部屋の中から聞こえる弱々しい声を聞いて我を取り戻した。

「——アリア。いま入ってもいい？」

「やっぱりお姉ちゃんだ。……うん、入っていいよ」

許可を得て、二人で部屋へと足を踏み入れた。シンプルな部屋の片隅、質素なベッドに青い髪の小さな女の子——アリアが横たわっていた。

「リアナお姉ちゃん……の、お姉さん？」

「……あなたまでそんなことを。アリアのお姉ちゃんはあたししかいないでしょ？」

少し外見が変わったからって、その反応はないと思うんだけどなぁ……と、自分がどれだけ綺麗になったか、まるで自覚のないリアナであった。

「じゃあ……ホントのホントにお姉ちゃん？」

「ホントのホントにお姉ちゃんだよ」

「どうしてそんなに綺麗になってるの？　そのドレスはなに？」

「あたしはいつもと変わらないし、これは学校の制服。それより、アリアは大丈夫なの？」

リアナは問いかけつつ、アリアの様子をうかがった。数ヶ月ぶりに会うアリアは、ずいぶんとやつれたように見える。恐らくは、あまり食事をしていないのだろう。ベッドの横にある小さなテーブルに置かれた小皿には、少しかじっただけのパンが残っていた。

「もぅ……ダメじゃない。ちゃんと食べないと元気が出ないよ？」

「ごめんなさい。でも、私、食欲がなくて。それに、パンは苦手だし」

「そんなことを言ってるから、いつまで経っても元気にならないんだよ？」

お姉さん口調で言い聞かせ、パンを掴んでベッドサイドに腰掛けた。そうしてアリアに視線を向け、千切ったパンを口元へと運んだ。

「ほら、あーんっ」

「……あーん……もぐっ」

小さくあけた口にパンの欠片を入れると、アリアはもぐもぐと咀嚼を始めた。その姿が小動物のように可愛くて、自然と笑みがこぼれる。

「……コクン。ねぇ、お姉ちゃん」

「どうしたの？」

「後ろにいる、格好いい男の人は、お姉ちゃんの彼氏？」

「ななっなななっなぁ——んてこと、言うのよっ⁉」

「……違うの？　一緒に帰ってきたから、そうなのかなって思ったんだけど」

「ち、違うわよ、リオン様があたしのことなんて相手にするはずないでしょ！」

「それって相手してもらいたいって思ってるってこと？」

「ちっ、ちちっ違うって！」

「……ふぅん」

アリアがなにか言いたげに、背後に視線を向ける。そこにいるはずのリオンがどんな表情を浮かべているか、リアナは恐くて振り返ることが出来なかった。

そうして、その身をこわばらせていると、アリアがくしゅんと可愛らしいくしゃみをした。

「……アリア、大丈夫？」

「うん。ちょっと、鼻がむずむずするだけだよ」

アリアはそう言いながら、腕をしきりに擦っている。気になって袖をまくり上げると、腕に発疹《はっしん》が出来ていた。

「アリア、これって……」

「あぁ……うん、最近、急に出てきたりするの。でも、時間が過ぎたら消えるから平気だよ」

「平気って……こんなに発疹が出てるのに」

おっかなびっくり発疹の側に触れると、アリアの腕は明らかに熱を帯びていた。

もしかしたら、危険な伝染病なのかもしれない。

もちろん、アリアを怖がるなんてありえないけれど、万が一にでもリオンにうつったら大変だと思い、外に出るように伝えようと振り返ったのだが——

リオンはすぐ後ろ、思ったより近くでアリアの様子をうかがっていた。

「えっと……アリアちゃんだっけ？」

「うん、そうだよ、お姉ちゃんの彼氏さん」

「――ちょっと、アリアっ!?」

慌てるが、リオンが話をさせて欲しいと言ったニュアンスで遮ってくる。なので、リアナは真っ赤になりながらも沈黙することにした。

「聞かせて欲しいんだけど、その発疹はどのくらいの頃から出てるんだ？」

「えっと……前にもときどき出てたりしたけど、酷くなってきたのは最近かな」

「最近って言うと？」

「んっとぉ～、お姉ちゃんが家を出る少し前から、だよ」

「そっか。……なら、少し発疹を見せてもらってもいいか？」

「えっと……うん」

しおらしく頷くのを見たリオンはベッドの前でアリアの手を掴み、発疹を観察し始めた。

リオンは領主代理であって、薬師ではないのだが……その真剣な眼差しを前に、リアナは沈黙を守ってその様子を見守ることにした。

しかし――

「ねぇねぇ、リオンさん。お姉ちゃんとはもう付き合ってるの？」

「いや、付き合ってないぞ」

よりにもよって、触診されているアリアが爆弾を投下した。その事実に慌て――そして、付き合っていないとリオンが即答したことで胸を押さえた。

「そうなんだ。じゃあ……キスもまだなの？」

「～～～っ」

横で見守っているリアナは、声にならない悲鳴を上げる。

そして――

「いいかげんにしなさい、アリア。リオン様は――」

我慢が限界に達し、グランシェス伯爵家の――と口にしようとしたのだけれど、リオンに遮られてしまった。そして「余計な心労はかけない方が良い」と囁かれて言葉に詰まる。

「残念だけど、俺とリアナはそういう関係じゃないぞ」

――残念っ⁉

リアナがその身を震わせるがそれはともかく。

「……そうなんだ。ようやくお姉ちゃんにも春が来たのかなって思ったのに」

「リアナはどんな相手でも、一瞬で惹きつけるくらい笑顔が可愛いからな。心配しなくても、結婚相手に困ることはないと思うぞ」

「～～～～～っ」

触診を受けているアリアよりも、横にいるリアナの方が大変なことになっているが……触診に集中しているリオンは気付かない。

ちらちらとリアナを見ているアリアは……にやついているが。

「発疹とかは決まった時間とかだったりするのか？」

「うぅん。朝起きて少ししてからとか、寝る前とかが多いかも。それより、リオンさんはお姉ちゃんとどこで知り合ったの？」

そうして、リオンが触診や問診をしつつ、アリアがあれこれ質問を投げかける。そんなリアナの精神を削るような時間が続き——ほどなく、リオンは立ち上がった。

「……リオン様？」

「カイルさん達と話してくる。リアナはアリアとお話をしてると良い」

「えっと……はい」

良く分からないけれど、リオン様がそう言うのなら——と、リオンを見送った。そうして視線を戻すと……満面の笑みを浮かべたアリアがいた。

リアナはため息をついた。

「……アリア、あなた、無理してるでしょ？」

「どうしてそう思うの？」

「いくらなんでもはしゃぎすぎよ。本当は辛いの、隠してるでしょ？」

「……さすがお姉ちゃんだね」

「あたしが何年、あなたのお姉ちゃんをしてると思ってるのよ」

「えっと……二十年くらい？」

翡翠のような瞳でリアナを見上げて来る。

「あなた何歳なのよ。もうすぐ九年、でしょ」

「そうだったね。そしてお姉ちゃんはそろそろ結婚する時期だよね」

「……そうだね」

この世界の子供は成長が早くて十二歳で結婚が出来るようになる。

なので、今年で十四歳のリアナは、既に結婚していてもおかしくはない……が、相手がいないと考えた瞬間、脳裏にリオンの姿が浮かんだ。

「いやいやいや、それはないから」

誰にともなく呟いて頭を振る。

「……リアナお姉ちゃん、いま、リオンさんのことを思い浮かべてたでしょ？」

「なぁっ!?」

「隠さない、隠さない。素敵だよね、リオンさん。リアナお姉ちゃんはがさつだから、相手が見つかるか心配してたんだけど、あんな人がいるのなら安心だよ」

「だから、ね？」

もういっそ、リオン様の身分をバラしてやろうか——なんて考えた。

けれど——

「……私も、あんな風に格好いい人と、恋をして、みたかったなぁ……」

寂しげに呟いたアリアを見て、胸が張り裂けそうになった。

「アリア、あなた……」

「そんな顔をしないで、お姉ちゃん。私がもうあんまり長くないって、知ってるんでしょ？」

「それは……でも、こうして元気に話してるじゃない！」

思わず声を荒げてしまう。

「お姉ちゃん、さっき言ってたじゃない、私が無理してるの、分かってるって」

「……辛いの？」

「うん。本当は気持ち悪くて吐きそう。それに、気を失ったことも一度や二度じゃないの」

「そん、なに……」

思っていたよりもずっと症状が酷くなっていると知って泣きそうになる。

レジック村の農業を改革しようとしたのは妹を護りたかったからだし、食糧支援と引き換えに子供を差し出せと言われて名乗りを上げたのも妹を護りたかったから。

もちろん、ミューレ学園で必死に勉強を始めたのも妹を護りたかったから。

妹が大切だから、リアナはここまで頑張ってきたのだ。

それなのに、その妹がもう長くないという。妹はなんにも悪いことなんてしてないのに、どうして世界はこんなに理不尽なのよ——と、リアナは涙を流した。

「泣かないで。笑ってよ、お姉ちゃん」

「……やだ、無理よ。妹が、アリアが苦しんでるのに、笑うなんて出来ないよ」

「そんなこと言わないで。リアナお姉ちゃんがいままでどうしてたか教えて？」

「いままでって……私が家を出てからのこと？」

「うん。お姉ちゃんがちゃんと元気にやってるか心配なの。だから……お願い」

「……もう、仕方ないわね」

悲しくて泣き崩れてしまいそうになるが、歯を食いしばって涙をこらえ、旅立ってからの日々を語って聞かせた。

どれくらいそうしていただろう？　学園での生活を語って聞かせ終わったとき、窓から差し込む日の光はすっかりと暗くなっていた。

「……凄いね、そんな世界があるんだね」

「そうだね。本当に凄かったよ」

「お姉ちゃんは、そこでお勉強を頑張ってるんだね」

「……そうだね。頑張ってたよ」

さり気ない過去形。

それは、学園を止めて、妹の側にいようと決断したからだけど……アリアはそんなリアナの心を見透かしているかのように「ダメだよ」と呟いた。

「……リアナお姉ちゃんは、農業を改革するために頑張ってたんでしょ？」

「そうだよ。だけどそれは、あなたを護りたかったから」

「私だけじゃないでしょ？」

「……え？」

「私だけじゃない。お父さんやお母さんや村のみんな。そして……きっとリオンさん。みんなを幸せにするために、リアナお姉ちゃんは頑張ってるんでしょ？」

「それ、は……」

大切なアリアから紡がれた言葉に、リアナの心は激しく揺さぶられる。

いままで必死だったのは、妹を護りたかったから。だけど、両親や村のみんな、恩人であるリオン達のために頑張りたいという思いもたしかに存在している。

それをいままで意識しなかったのは、妹を護ることと、目的や手段が一致していたから。妹のために頑張ることが、両親や村のみんな、リオン達への恩返しになっていたからだ。

だけど、いまは手段が分かれてしまっている。

そのどうしようもなく悲しい現実に、アリアの言葉で気付かされた。

「ね、分かったでしょ、お姉ちゃん」

「それは……でも、それでも、あたしはあなたのために……っ」

その言葉を最後まで口にすることは出来なかった。アリアが寂しげに微笑んだからだ。

「……ねぇ、お姉ちゃん。私はずっと、お姉ちゃんみたいになりたかったの」

「あたし、みたいに？」

「うん。お母さんと一緒に編み物をしたり、お父さんと一緒に狩りをしたり。みんなのために、農作業のあれこれを調べてみたり。元気で優しい、お姉ちゃんみたいになりたかった」

「——っ」

思わず口元を手で覆った。アリアがなにを言いたいのか、気付いてしまったからだ。

「でも、ね。私はもう、お姉ちゃんみたいになれない。だから私が出来なかったこと、お姉ちゃんにして欲しいの。生きていればこんな未来もあったんだって……私に見せてよ」

「アリア……」

きゅっと唇を噛んだ。

アリアの命の灯火は明日消えるかもしれないし、一年後まで燃え続けるかもしれない。だとすれば、ずっと側に居続けることは出来ない。

そばにいたら、他の未来を諦めなきゃいけなくなるから。

なら、リアナに出来るのはたった一つだけ。アリアが生きているあいだに、アリアにもあったかもしれない未来を、全力で見せてあげること。

そのために、出来ることをしよう——と、歯を食いしばって涙をこらえた。

「分かった。あたしは、アリアの分まで頑張る。頑張って、頑張って、頑張って、アリアが自慢できるようなお姉ちゃんになるから。だから……っ」

それまでは見守っていてね——と、声には出さずに心の中で願った。いつ死ぬか分からないアリアに未来を約束させるのは、きっと負担になる……と、そう思ったからだ。

だけど——

「まだ諦めるのは早い。だから、そんな悲しいこと……言うな」

静かな声が部屋に響く。驚いて振り返ると、部屋の入り口にリオンがたたずんでいた。

―― 3 ――

　窓辺から差し込む夕日で、あかね色に染まるアリアの部屋。リアナが大切な妹と最後の約束をしているところに現れたリオンは、手になにやら深皿を持っていた。

「……リオン様、それは？」

「これは、アリアちゃんの食事だ」

「食事？　えっと……でも……」

　困った顔で視線を向けると、アリアはふるふると首を横に振る。

「リオンさん、ごめんなさい。あんまりご飯は食べたくないの。さっき気持ち悪くなったばっかりだし、いま食べてもきっと、また気持ち悪くなるだけだと思うから」

「これはきっと、大丈夫だ。だから、騙されたと思って少しだけ食べてくれないか？」

「……えっと」

　アリアが助けを求めるように視線を向けてきたので、リアナは二人の間へと割って入った。

「あの、リオン様。大丈夫って言うのは、どういう意味なんですか？」

「……これは俺の予想だから、絶対とは言えないんだけど……アリアは食物アレルギー。それも、子供に多い小麦のアレルギーだと思うんだ」

「……食物アレルギーって、なんですか？」

「大雑把に言うと、アリアにとっては小麦を使った料理が毒かもしれないって話だ」

「……毒って、なにを根拠に言っているんですか？　小麦はグランシェス家からご支援いただいた物なんですよ？」

小麦が毒だとしたら、グランシェス家が毒入りの小麦を渡してきたと言うことになると、不審の目を向ける。

「小麦自身に問題があると言ってる訳じゃない。アリアにとっては、毒かもしれないって話だ。他の人には問題のない食べ物が、特定の人には毒になることがあるんだ」

「そ、それが事実だとして、どうして小麦だって思うんですか？　他の料理かもしれないじゃないですか」

「さっき、パンを食べて気持ち悪くなったんだろ？　それに、アリアの症状が悪化したのは、リアナがグランシェス家に出向く少し前、なんだろ？」

「それが、どうしたって……あっ」

食糧支援があったのは、リアナがグランシェス家に出向く少し前。そして支援された食べ物の大半が、よそから買い付けてきたという小麦だった。

小麦アレルギーなるモノが本当にあるのなら、条件は揃っているように思える。だけど、ことは大切な妹の容態に関わることで、慎重にならざるを得なかった。

「……リオン様、小麦アレルギーというのは本当にあるんですか？　どうして、リオン様はそんなことを知っているんですか？　なにを根拠に、そうおっしゃっているんですか？」

立て続けに質問をすると、リオンが目を丸くした。

「……質問ばっかりでごめんなさい。でも、妹のことが心配なんです」

「いや……分かるよ。俺だってリアナの立場なら、同じように根掘り葉掘り聞いたと思うから、気にする必要はない。ただ、そう思う根拠と言われるとな……」

リオンは考えるような素振りを見せる。そしてほどなく「あぁ、そうだ」と頷いた。

「食物アレルギーを知っている理由は説明できない。説明しても信じてもらえるとは思えないからな。だけど……信憑性を増すことは出来る」

「……信憑性、ですか。それはなんですか？」

「数年前、グランシェス伯爵領でインフルエンザと名付けられた伝染病が大流行して、感染者が隔離される騒ぎがあった。そのとき、領主の名で対症療法が流れてきただろ？」

「それは、もちろん覚えてます」

忘れるはずがない。最初は領主の名で広められ、後に長男の知識のおかげだったと知らされた。だからリアナはずっと、亡くなったグランシェス家の長男に感謝していたのだ。

だけど――

リオンが悪評だらけだったのは、後継者争い的な理由があったから。リオンの悪い噂すべてがデマであるのなら、長男の良い噂が作り話であったとしてもおかしくはない。

それ以前に、ミューレ学園で学ぶ多くの知識は、リオン達がもたらしたものだという。

「――まさか」

「ああ、インフルエンザの対症療法を広めるように進言したのは俺だ」

「――っ」

思わず口元を両手で覆った。自分の命を救ってくれた憧れの王子様が、自分の目の前にいたことに気付いてしまったからだ。

「急に言われても信じられないかもしれないけど……」

ぶんぶんと力一杯首を横に振った。

「リオン様が様々な知識を持っていることは知っています。そして、リオン様はいつだって、平民のことを大切にしてくださっている。だから……信じます」

意思表明をして、アリアへと視線を向けた。

「アリア、不安だとは思うけど……」

顔を向けると、アリアは青い髪をゆっくりと揺らしながら首を横に振った。

「リアナお姉ちゃんが信じるのなら、私もリオンさんを信じるよ。……お姉ちゃん、リオンさんが持ってる料理、食べさせて」

「うん、もちろんだよ。それじゃ……頂戴しますね」

リオンからお皿を受け取り、深皿に視線を落とす。中身はどうやら、野菜を煮込んだスープのようで、とても美味しそうな匂いが漂っている。

「……もしかしてリオン様が作ったんですか？」

「いや、レシピを教えてミリィに作ってもらったから安心しろ」

どうやら、料理の腕を心配していると誤解したらしい。なので、リアナは「とても美味しそうです」と、さり気なく誤解をただしてアリアの元へと歩み寄った。

「まずはスープからで、固形物は無理して食べさせなくてもいい」

「……分かりました。それじゃアリア……あーん」

「……あーん。んっ……凄く美味しい」

おっかなびっくりスープを一口飲んだアリアが目を見開いた。

「……どう？　気持ち悪くは……ならない？」

「さ、さすがにそんなすぐには分からないよ。でも……凄く美味しい。もっと食べたい」

「アリア……急にいっぱい食べて、後で苦しくなったらどうするの」

「でも……食べたいんだもん」

「……分かったよ。それじゃ、もう一口」

あーんと、甲斐甲斐しく食べさせていく。

リオンにも最初は少なめで様子を見ようと言われたのだけれど、アリアがもっともっととせがむものだから、時間を掛けつつも、結局はすべて食べさせてしまった。

「……どうだ、アリアちゃん。体調は大丈夫か？」

「えっと……うん、いまのところ、気持ち悪くなったりはしてないよ」

「そっか……しばらくは様子を見た方が良いな。リアナ、一晩側に付き添ってやると良い」

「はい、もちろんです。それで……リオン様は？」

妹のことを一番に考えて戻ってきたリアナだが、今はもう一度学園に戻りたいと考えている。リオンが帰るつもりなら、自分の想いを伝えなくてはと思ったのだ。

けれど、それはどうやら杞憂だったようだ。

「なんだか歓迎会をしてくれるらしくてな。屋敷には、数日滞在するって遣いを出してあるから心配するな。……リアナがどんな選択をするにしても、帰るときには声を掛けるから」

「リオン様……なにからなにまでありがとうございます」

——翌朝。

窓辺から差し込む朝日を浴びて、ベッドで眠っていたリアナは意識を覚醒させた。姉妹は小さなベッドで身を寄せ合って眠っていたのだが……目の前にいたはずのアリアの姿がない。

慌てて跳ね起きて周囲を見回すが、やはり姿が見えない。

部屋を飛び出して、家の中を探し回る。その途中、玄関が空いていることに気付いて外に出ると、木陰で倒れているアリアの姿を見つけた。

「——しっかりしなさい！」

慌てて駆け寄ってその身を揺すると、アリアはゆっくりと目を開いた。

「リアナ……お姉ちゃん」

「どうしたの、なにがあったの⁉」

「えっと……その。今朝は目覚めが良かったから、お外を歩いてみようかなって……ここまで来たら疲れて倒れちゃった」

「……っ、疲れた？　疲れただけ？」

「うん、疲れただけだよ」

「えっと……なら、その……気持ち悪いとか、は？」

「ん～、いつもよりは良いくらい、かな」

「脅かさないでよぉ～～っ」

リアナは思わずへたり込んでしまった。

「……なにごとだ？」

騒ぎを聞きつけたのだろう。家の中からリオンが姿を現した。どうやら、歓迎の宴が終わった後、この村長の家に泊まっていたらしい。

「おはようございます、リオン様！」

リアナは立ち上がって、リオンの前へと駆け寄った。

「あぁ……お、おはよう」

リオンは頬を掻いて、なぜか視線を逸らしてしまう。

なにか、嫌われるようなことをしたかなと不安になった。

「……リオン様？」

「あぁ、いや。それで、なにごとなんだ？」

「聞いてください！　アリアが朝起きたらいなくて、びっくりして探したら、そこで倒れてたんです。それで驚いて話しかけたら、久しぶりに歩きたくなって歩いたら疲れちゃったって」

「あぁ、なるほど。それは驚くとは思うけれど……リアナ、そろそろ気付いてくれ」

「……ふえ、気付くって……」

リオンが困った顔で、ちょんちょんとお腹の辺りを指差した。どうしたんだろうと自分の姿を見下ろしたリアナは――ピシリと固まった。

昨日は着の身着のまま、制服姿でレジック村へとやって来た。

元からあった数少ない服は、ミューレの街の学生寮においてあり、寝るときの服がなかった。

――つまり、さんさんと降り注ぐ日の光の下で、リアナは下着姿をさらしていたのだ。

「ひゃあぁぁあっ!?」

両手で胸と下腹部を隠して、ぺたんと草むらにへたり込んでしまう。

ちなみに、この時代の平民はちゃんとした下着を着用していない。

せいぜいが、身体を冷やさないように、ワンピースの下にカボチャパンツを穿いているとかそれくらいが一般的だ。

しかし、ミューレの街にはアリスブランドという、洗練されたデザインの洋服を扱うお店があり、ブラとショーツも取り扱っている。

ミューレ学園の生徒達は洋服を支給されており、デザインもある程度自分で選ぶことが出来るのだが……彼女達の洋服のセンスはミューレ学園、特にアリスティア達によって教え込まれたものでしかない。

つまり、なにが言いたいかというと……リアナが身に着けているのは今回も、わりとエッチな黒い下着だった。

もちろん、リアナ自身は最新のオシャレな下着。それも普通のデザインと思い込んでいるのだが……それでも恥ずかしいものは恥ずかしい。

ミューレ学園に通うようになり、リアナはすっかり乙女になっていた。そうして真っ赤になって縮こまる。そんなリアナの肩に、リオンが自分の着ていた上着を掛けてくれる。

「えっと……リオン様？」

肩越しに見上げると、リオンはやはり明後日の報告を向いていた。

「それで身体を隠して、早く家の中に戻った方が良い」

「あ、す、すみません、貧相な姿を見せてしまって」

超絶美少女なアリスティアに、銀髪お姉さんなクレアリディル。そして天使のように愛らしいくせに胸の大きいソフィアに、爆乳お姉さんのミリィ。

リオンのまわりには、様々な美少女が揃っているので、目をそらしているのは見るに堪えないと思われていると思い込んだのだ。

けれど――

「リアナは貧相なんかじゃないぞ。だからこそ、他の男には見せたくないんだ。さっきの悲鳴を聞きつけて誰かが来るかもしれないから、早く部屋に戻れ」

「～～～～～っ」

思ってもいないことを言われて、真っ赤になって身悶えた。顔どころか耳、そしてむき出しの胸もとまで真っ赤になってしまう。

「ほら、早く行った行った」

「は、はい……それじゃ……っと、その前に。アリア、本当にもう大丈夫なのね？」

「うん。少なくとも、この数ヶ月で一番気持ちの良い朝だよ」

「……そっか」

まだ油断は出来ないけれど、それでもきっと大丈夫。そんな予感を抱いた。

「ほら、リアナ。アリアとは後でいくらでも話せるだろ。まずは服を着てこい」

「はい、行ってきます」

リアナは身を翻して家へと走る。だけど扉の前でクルリと振り返った。

「――リオン様、妹のこと助けてくれてありがとうございます。それに、村やあたしのことも助けてくださってありがとうございます！」

天真爛漫な笑みをリオンに向け、リアナは今度こそ家の中へ走り去った。

エピローグ

レジック村に滞在してから三日が過ぎた。最初こそ万全の体調とは言えなかったアリアだが、いまではすっかり元気になっている。

もちろん体力は別で、床に伏しがちだったアリアの体力は落ち込んでいる。

ただ、アリア自身は苦しくならないことが嬉しくてしょうがないのだろう。部屋の中や家のまわりをちょこちょこ歩き回っては、そこかしこでバテていた。

「……もぅ、子供なんだから」

畑の前。リアナははしゃぐアリアの姿を見て苦笑いを浮かべる。

「実際、まだまだ子供だろ。いままで思うように遊べなかったんだからしょうがないさ」

独り言にリオンが答えた。さっきまでカイルにすぐに役立つ農作業のノウハウを教えていたのだが、いつの間にかこっちにやって来たようだ。

「はしゃぎたいのは分かりますが……アリアって、凄く大人しい女の子だったんですよ？」

それなのに、あのはしゃぎよう。まるで人が変わったみたいですと呟く。

「気持ちは分かるけどな。でも……そういうものみたいだぞ」

「……そういうもの、ですか？」

「死んだ妹と再会したときはまるで気付かなかったからな。精霊魔法に恩恵のダブル。オマケにアリスブランドまで作って。あんなチートキャラになってるって、誰が予想するんだよ」

「……リオン様って、ときどき良く分からないことを言いますよね」

言っていることは分からないけれど、その横顔はどこか楽しげだった。だから、きっと悪い話じゃないんだろうと微笑む。

そうして、穏やかな風の吹く畑の前。リオンと揃って農作業を眺めていた。

「ところで……リアナはこれからどうするつもりなんだ？」

「え、どうするって……どういうことですか？」

「アリアは、これからも村で過ごすんだろ？」

「あ、はい。アリアがそうしたいって言うので」

日に日に体調を良くしているアリアは、いままで出来なかったこと——父や母の手伝いをしたいと言っている。……口には出さなかったけれど、恐らくはリアナと一緒に。

「リアナは……村に残るつもりなのか？」

「……あたしは、リオン様に助けていただいた恩がありますから」

だから、恩返しをせずに、学園を辞めるなんて出来ないとリオンを見上げる。だけど、リオンは首を横に振った。

「俺は領主として当たり前のことをしただけだ。だから、恩返しなんて必要はない。妹の側にいたいなら、学園を辞めたってかまわないよ」

「……リオン、様」

平静を装いながら、手をぎゅっと握りしめた。自分は必要ないと言われているように感じてしまったからだ。

だけど——

「ただ……な。リアナはソフィアと仲が良いだろ？　それに、アリスやクレアねぇ、ミリィにもなんだか気に入られてる。そんなリアナには……いや」

そこで一度言葉を切って頭を振ると、真剣な眼差しを向けてきた。

「俺が領民みんなの幸せのために協力して欲しいって言ったとき、真っ先に頷いてくれたのはリアナだった。パトリックと口論になったのも、俺を護るためだったって聞いてる。そんなリアナに、俺の領地経営を手伝って欲しいんだ」

「協力……ですか？」

「そうだ。領地を豊かにして、領民を幸せにする。俺にはリアナが必要なんだ。だから……頼む。学園に残ってくれないか？」

まっすぐに向けられる黒い瞳に魅せられて、思わず両手で口元を覆った。恩返しは必要ない。けれど、リアナを必要としている。

そう言われていることに気付いたからだ。

数ヶ月前まで、リアナは無知で無力な村娘でしかなかった。

妹を救うために農作業を頑張っても、なんの成果も得られなかった。そんなリアナを、リオンは必要だと言ってくれた。

リアナは、ポロポロと泣き出してしまう。

「リ、リアナ!? もしかして、嫌だったのか？」

ぶんぶんと首を横に振るリアナから、煌めくしずくが落ちていった。

「嫌なんかじゃ……ないです。どうか、お願いします。あたしに、妹や両親や村のみんな。そして、リオン様をお助けするための知識を教えてください」

「……それは、ミューレ学園に残ってくれると言うことで良いのか？」

「はい、リオン様。妹にはあたしから話します。だから、あたしをこれからもずっと、ずっとずっと、リオン様のお側に置いてください！」

リオンをまっすぐに見つめ、強い意志を秘めた笑みを浮かべた。

そのときのリアナお姉ちゃんの表情は凄く凄く可愛くて、あれを見て恋に落ちない人はいない――とは、後のアリアの言葉だが、そのときのリオンがなにを思ったかは定かではない。

ただ、今日この日より、リアナはリオンにもっとも信頼される教え子の一人となった。そうして、領地に様々な革命を起こす様々な事件に関わっていくことになる。

書き下ろし　リアナの才能

——時は少し遡り、パトリックを退学にした数日後の深夜。

クレアリディルは執務室で紅茶を片手に、報告書をじっと見つめていた。

けれど、思いをはせているのは報告書の内容ではなく、その報告書に使われている植物紙を作った大切な弟について。

少し前まで報告書はすべて羊皮紙が使われており、非常にコストが掛かっていた。それがリオンの指示で作り出した植物紙に取って代わり、コストは徐々に下がりはじめている。

クレアリディル自身、育ての親代わりのメイド——ミシェルを救ってもらったり、自分自身を救ってもらったりと、リオンにはなにかと助けられている。

なにより、優しくて可愛い。

リオンのことを、愛していると言っても過言ではない。リオンにお願いされたら、クレアリディルはどんなお願いだって叶えるつもりだ。

けど、それは無条件に従うという意味ではない。リオンがなにを思って、どんな結果を求めているのか、それをちゃんと読み取った上で、その願いを叶えるために全力を尽くす。

それがクレアリディルの美学。

だからこそ、いまのクレアリディルは悩んでいた。

今回のお願いは、ただの村娘でしかないリアナを全力で護れという内容だったからだ。

リアナの命を護るだけなら、いくらでもやりようがある。たとえばリアナを殺したことにして、密かにどこかへ逃がすのなら難しくない。

だけどリオンが選んだのは、リアナの命だけではなく、名誉や存在すべてを護るという道。ロードウェル家はもちろん、その後ろ盾にあるグランプ侯爵家にも楯突くことになる。

その結果、どれだけの問題が発生するかは想像に難くない。

リアナだって、自分が引き起こした結果に、責任を感じることになるだろう。

そこまでして、リアナのすべてを護る必要があるのだろうか――と、思い悩んでいるのだ。

「弟くんが凄いのは事実なんだけどね……」

ほうっとため息をつき、ティーカップに口をつける。ふわりと香りが広がり、コクのある味わいが胸の内を満たしていく。

美味しい紅茶の入れ方すら、リオンの提案によるものだ。

リオンの持つ様々な知識が有用なことは疑いようがない。けれど同時に、貴族の息子としては信じられないほど甘い考えの持ち主でもある。

弟くんの選択が、弟くんを傷つけるかもしれない。果たして、リアナと約束を交わしたことは正しかったのだろうか――と、クレアリディルはもう何度目かも分からないため息をついた。

「お嬢様、そんなにため息ばかりついていて、リオン様の言われるままに、リアナさんを助けても良かったのかと悩んでいるのですか？」

側で控えていたミシェルがそんなことを言う。

「分かってるのなら、いちいち指摘する必要はないと思うのだけど？」

「分かっているとお伝えした上で、必要なら相談に乗るというアピールです」

「貴方は、またそうやって訳の分からない――」

「――訳の分からない話でもして茶化さないと、お嬢様は弱音を吐かないと思いましたので」

言葉尻を奪ってイタズラっぽく笑う。ミシェルとはずっと一緒で気心が知れている、クレアリディルの育ての親代わりでもメイドのお姉さんだ。

ちなみにミリィと同じくらいの年齢だが、その見た目はミリィ同然に若い。

「別に弱ってる訳じゃないのよ？」

「でも悩んではいるんですよね？」

「揚げ足を取らないで」

「お嬢様こそ、そうやって煙に巻かないでください」

「あたしは別に、誤魔化そうなんて……思ってるかもね」

リオンの言葉を疑うのは必要なことだけど、だからって後ろめたさが消える訳じゃない。たとえ相手がミシェルといえども、疑念を口にするのは抵抗がある……と、たったいま気が付いた。

「お嬢様はお優しいですね」

「……そう思う？　自分では冷酷に振る舞っているつもりなのだけど」

リオンが優しくて甘い分、自分が冷酷にならなくてはいけないと考えている。だから、ミシエルから見て優しく見えるのは良くないと眉を寄せる。

「ちゃんと冷酷に振る舞えているので心配する必要はないですよ」

「だったら……」

「その気遣いが優しいと、そう言っているんです」

「あ、ありがとう……」

ストレートにそんなことを言われるのことは新鮮で、クレアリディルは少し照れる。

「そんなお嬢様の助けになるかは分かりませんが、リアナさんは良い子ですよ？」

「分かってるわ。でも、良い子なだけじゃダメなのよ」

平民の娘が、リオンのために貴族に楯突いた。

その話を聞いたとき、クレアリディルは感動すら覚えた。

それだけ信頼できる人間は貴重なので、リオンの愛人かなにかにするという話であれば、クレアリディルは喜んでリアナを口説く役を買って出ただろう。

だけど、今回はそうじゃない。必要なのは、上に立てるだけの才能や知識。

「お嬢様の心配は分かりますが、大丈夫だと思いますよ？」

「でもあの子、今日もソフィアちゃん達とお茶会をしてたのでしょ？」

「正しくは勉強会だったと思いますが」

「どっちにしても、あまり変わらないじゃない」

生徒の中では頑張っている方だとは思う。けれど、成績優秀者になれなければ命を差し出せとまで脅したのに、みんなと一緒に勉強しているだけ。

よその貴族を敵に回してまで護る必要があるのか、首を傾げざるを得ない。

「それとも、リアナは努力を必要としないほどの才能を秘めているって言うの？」

「それは……どうでしょう？　教えられたことを着実にこなす素直さと、時折ハッとするような面を見せることはありますが……」

「ソフィアちゃんには遠く及ばない、でしょ？」

「ソフィア様は規格外だと思いますが……まぁそうですね。リアナさんは才気あふれるタイプではないと思います。どちらかと言えば、普通の女の子ですね」

やはり他の貴族を敵に回すほどではない。いまからでも遅くはないから、死亡したと見せかけて、どこかへ逃がすなりした方が良いのではと考える。

それが顔に出ていたのだろう。ミシェルがおもむろにため息をついた。

「お嬢様、人の話は最後まで聞くものですよ」

「……ん？　まだ続きがあるの？」

「ええ。実は深夜に学生寮で物音がすると、以前から苦情が上がっているんです」

「深夜に物音？　それって……」

やって来たのは学生寮。ミシェルに教えられた部屋を控えめにノックすると、わずかな間を置いてこれまた控えめに扉が開き、その隙間からリアナが顔を出した。

「クレア様、どうし――っ」

大きな声を上げそうになったリアナに、指で静かにとジェスチャーをする。

「深夜だから、静かにね。少し上がっても良いかしら？」

「ええっと……その、クレア様が上がるような、立派な部屋じゃありませんけど」

「その部屋を用意したのはあたしなんだけど？」

「あうっ。それはその……」

「ふふっ、冗談よ」

そんなやりとりを小声で交わして中に通してもらう。部屋の中を見回したクレアリディルは、ランプで照らされた机の上を見て息を呑んだ。

「リアナ、これは……」

「その、一応許可は取ったのですが、やっぱりランプの油を無駄遣いは良くなかったですよね」

「いえ、そうじゃなくて。この植物紙の束は……本を作っているの？」

何束もある植物紙にはすべて、ミューレ学園で学ぶ知識が書き込まれていた。

ミューレ学園で学ぶ内容を本にする。その計画は前から考えていた。それをリアナが一人で思いついて、製作しているのだろうかと考える。

「それは本を作ってる訳じゃありません。内容を他人が読んでも分かるように纏めることで、短期記憶を長期記憶に移し替えているんです」

「……え？」

クレアリディルの予想と違っている答えで、しかも意味が分からなくて首をかしげた。

「リオン様に習った勉強法なんです」

「……弟くんから？」

なにそれ、あたしそんな勉強法なんて聞いてないわよ!?　と、クレアリディルはちょっぴり動揺しつつ、「どんな勉強法なの？」と尋ねた。

「記憶の種類を、意図的に操作する方法です」

「記憶の種類？」

「はい。人が最初にモノを記憶するのは一時記憶。数十秒しか覚えていられないそうです」

「数十秒？　いくらなんでも、そんなに短くはないでしょ？」

「いいえ。たとえば、クレア様があたしと会って最初になにを言ったのか覚えていますか？」

「ええっと……こんばんは、だったかしら？」

「さあ？　あたしも覚えていませんから」

「……ちょっと、リアナ？」

思わずジト目を向ける。

「会話をするに当たって、数十秒は覚えていたはずです。でも、会話が終わって必要がなくなり、今となってはすっかり忘れてしまった。それが一時記憶です」

「あぁ……なるほど」

なんとなく理解したクレアリディルは続きを促す。

それによると、一時記憶として一時的に覚えたモノは、しっかり覚えようと意識するとか、なにかと関連付けるとか、メモを取るなどの行為によって、短期記憶として残るらしい。

それを更に繰り返し思い出したり、理解力を深めることで長期記憶になる。リアナが学んだことを紙に纏めていたのは、理解力を深めて長期記憶に移す作業らしい。

それを知ったクレアリディルは舌を巻く。勉強法もさることながら、こんな深夜までリアナが努力をしているとは想像もしていなかったからだ。

「リアナは、努力を人に見せるのが嫌いなの？」

「え？　そんなことはないですけど？」

リアナが首を傾げる。

「昼はソフィアちゃん達と、わりと緩い生活を送ってるでしょ？」

「あ、その……ごめんなさい」

「……謝る必要はないけど、なにか意味があるのなら聞かせて欲しいわね」

「それは……」

リアナは言い淀む。けれど一呼吸置いて、決意するような表情を見せた。

「実は村が食糧難に陥ったとき、あたしはなんとかしようとひたすら頑張ったんです。でも、その結果、妹を寂しがらせてしまった。あたしが護りたいのは、妹の笑顔だったのに」

「それを後悔しているから、勉強を二の次にしたってわけ？」

「いいえ、二の次じゃありません。どっちも大切だから。死ぬ気で両立するんです」

リアナは決して才能あふれる天才ではない。

それなのに、片方を選ぶのではなく、大切なモノをどちらも手に入れようとしている。普通なら身の程を知れと呆れるところだけれど……

リアナの何者も恐れない澄んだ瞳。その下に大きなクマができていることに気がついた。

「リアナ……貴方、ちゃんと寝てるの？」

「あ、すみません。日中はファンデーションで隠しているんですが」

「答えになってないわよ？」

「……短時間で効率よく睡眠を取る方法を、リオン様が教えてくれましたから」

「…………そう」

その方法はクレアリディルも聞いた記憶がある。それは寝る時間がないほど忙しいときに使う、あくまでその場しのぎの方法だったはずだ。

一体いつから、そんな生活を続けているのか……

そう言えばミシェルが、物音の苦情が以前から——と言っていた。昨日一昨日の話なら、ミシェルはそんな言い回しをしない。

もしかしたら、パトリックが来る前から——

「……リアナ、貴方が結果を出すこと、心から願っているわ」

「え？　えっと……ありがとうございます？」

いまこの瞬間、ただの村娘でしかなかったリアナが、クレアリディルにその能力を認められた。

そんなことにまるで気付いていない普通の女の子。

だけど、誰よりも努力家な女の子。

リアナの将来が楽しみね——と、クレアリディルは笑みをこぼした。

あとがき

『無知で無力な村娘は、転生領主のもとで成り上がる』を手に取って頂き、ありがとうございます。著者の緋色の雨でございます。

唐突ですが、今作は私の他作品を読んでいなくても、好みさえ合えば問題なく楽しめます。

なぜそんなことを書くかというと、今作が『俺の異世界姉妹が自重しない！』（双葉社　モンスター文庫より1～3巻発売中）のリアナが主人公の物語となっているからです。

ただ、最初にも書きましたように、異世界姉妹を知らなくてもまったく問題ありません。転生領主や自重を忘れた娘達に翻弄されるリアナの物語、楽しんでいただけたら幸いです。

ちなみに、無知で無力な村娘はそもそも、異世界姉妹のイラストレーターである原人様の描いたリアナが素敵すぎて、書き始めた物語だったりします。

なので、イラストレーターもお願いして、異世界姉妹と同じ原人様となっています。

そんな訳で、引き続き担当してくださった原人様。それに出版に踏み切ってくださった三交社様と、他社での出版許可をくださった双葉社様にはこの場を借りて御礼申し上げます。

続いて、この場を借りて別作品の宣伝をさせていただきます。

今作と同じ日に、私の二シリーズ目となる『この異世界でも、ヤンデレに死ぬほど愛される』二巻が（双葉社 Mノベルス）より発売しています。

こちらは一風変わって、エッチなヤンデレ達に追いかけ回される18禁ギリギリ（全年齢対象ですが）となっているので、興味のある方はどうぞ。

でもってもう一作。

私の三シリーズ目となる書籍『とにかく妹が欲しい最強の吸血姫は無自覚ご奉仕中！』一巻がＴＯブックスから十一日後、八月十日に発売します。

こちらはリアナ達の遠い子孫の吸血姫、自称普通の女の子が義妹を作ろうとしてやらかす、普通がゲシュタルト崩壊する物語となっています。

気になった方はぜひ手に取ってみてください。

最後になりましたが、出版に関わった皆様、私を支えてくださった皆様、無知で無力な村娘を応援してくださった皆様。おかげさまで無事に一巻を出すことが出来ました。

本当にありがとうございます。

二〇一八年　七月　某日　緋色の雨

編集部より

『無知で無力な村娘は、転生領主のもとで成り上がる』をお買い上げ頂きありがとうございます。

著者あとがきにもあるように、本作は『俺の異世界姉妹が自重しない！』1～3（モンスター文庫／双葉社）のスピンオフ作品となります。

スピンオフ作品が他社から発売されるのは異例のことではございますが、突然のお願いにもかかわらず快く出版許可を下さった双葉社様、ならびに第二コミック編集部の皆様に心より御礼申し上げます。

UG novels UG009

無知で無力な村娘は、転生領主のもとで成り上がる

2018年8月15日　第一刷発行

著　者　緋色の雨
イラスト　原人
発行人　東 由士
発　行　株式会社英和出版社
〒110-0015　東京都台東区東上野3-15-12 野本ビル6F
営業部:03-3833-8777　編集部:03-3833-8780
広告部:03-3833-8735
http://www.eiwa-inc.com
発　売　株式会社三交社
〒110-0016
東京都台東区台東4-20-9　大仙柴田ビル2F
TEL：03-5826-4424／FAX：03-5826-4425
http://www.sanko-sha.com/　http://ugnovels.jp
印　刷　中央精版印刷株式会社
装　丁　金澤浩二(cmD)
DTP　荒好見(cmD)

ISBN 978-4-8155-6009-6　© 緋色の雨・原人／英和出版社

緋色の雨先生
原人先生への
ファンレターはこちらへ

あて先
〒110-0015
東京都台東区東上野3-15-12
野本ビル6F
(株) 英和出版社
UGnovels編集部

本書は小説投稿サイト『小説家になろう』(https://syosetu.com/)に投稿された作品を大幅に加筆・修正の上、書籍化したものです。

『小説家になろう』は『株式会社ヒナプロジェクト』の登録商標です。

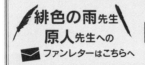